世界節日

胡小芳　等

商務印書館

“春節”“聖誕節”“小專題”“趣味重溫”由商務印書館編輯部編寫。

世界節日

作　　　者：胡小芳　等

責任編輯：譚　玉

出　　　版：商務印書館 (香港) 有限公司

　　　　　　香港筲箕灣耀興道 3 號東滙廣場 8 樓

　　　　　　http://www.commercialpress.com.hk

發　　　行：香港聯合書刊物流有限公司

　　　　　　香港新界大埔汀麗路 36 號中華商務印刷大廈 3 字樓

印　　　刷：中華商務彩色印刷有限公司

　　　　　　香港新界大埔汀麗路 36 號中華商務印刷大廈

版　　　次：2010 年 6 月第 1 版第 1 次印刷

　　　　　　©2010 商務印書館 (香港) 有限公司

　　　　　　ISBN 978 962 07 4458 7

　　　　　　Printed in Hong Kong

目 錄

一 亞洲

二 歐洲

三　美洲

四　非洲

五　大洋洲

春 節

一、春節起源

　　春節是中華民族最熱烈最盛大的傳統節日。春節在古代被稱為元旦、元月、三元、歲旦、歲首等，民間又稱之為新年、慶新歲、過年。春節的日期在各個朝代不盡相同，漢代指立春這一天，南北朝指整個春季，到了近代才指農曆正月初一。但在民間，傳統意義上的春節並不單指一天，一般要從臘月初八的臘祭或臘月二十三的祭灶延續到正月十五日，有些地方的新年慶祝活動甚至到整個正月結束為止。

　　春節究竟源自何時，已經較難考證，傳說最早在堯舜時就有過春節的風俗。《爾雅》説："年者，取禾一熟也。"甲骨文和金文中的"年"字都有穀穗成熟的形象，《説文解字》也把"年"字放在禾部。由於穀禾一般都是一年一熟，所以"年"便被引申為歲名，以示風調雨順，五穀豐登。這大概是最早對"新年"的解釋。

　　民間有另外一個關於"年"的傳説。

　　相傳，中國古時候有一種叫"年"的怪獸，頭長觸角，兇猛異常。"年"長年深居海底，每到除夕才爬上岸，吞食牲畜傷害人命。因此，每到這天，村村寨寨的人們扶老攜幼逃往深山，以躲避"年"獸的傷害。有一年除夕，從村外來了個乞討的老人。村裏一片慌亂，沒有人顧得上理他，只有村東頭一位老婆婆給了老人些食物，並勸他快上山躲避。老人捋着鬍鬚笑道："婆婆若讓我在家待一夜，我一定把'年'獸趕走。"

半夜時分，"年"獸闖進村。牠發現村裏氣氛與往年不同：村東頭老婆婆家，門貼大紅紙，屋內燭火通明。"年"獸渾身一抖，怪叫了一聲。接近門口時，院內突然傳來"砰砰啪啪"的炸響聲，"年"大驚失色，狼狽逃竄了。原來，"年"獸最怕紅色、火光和炸響。

第二天是正月初一，避難回來的人們見村裏安然無恙，十分驚奇。這時，老婆婆才恍然大悟，趕忙向鄉親們述説了乞討老人的事情。這件事很快傳開了，人們都知道了驅趕"年"獸的辦法。從此每年除夕，家家貼紅對聯、燃放爆竹、戶戶燭火通明、守更待歲，成為新年的習俗，代代相傳。

這個傳説，有很多牽強附會的成分，不大可能是"年"的起源，不過，它體現了人們除舊迎新、驅邪納福、平安喜樂的美好願望，這也正是"過年"的真正涵義。

二、春節習俗

春節有幾千年的歷史，各個地區和各個民族形成了自己獨特的歡慶習慣。從臘八到正月十五，在這一個來月的狂歡中，人們煮臘八粥、備年貨、撣揚塵、洗被褥、貼春聯、貼年畫、貼剪紙、貼福字、點蠟燭、點旺火、放鞭炮、守歲、吃團圓飯、拜年、走親戚、上祖墳、逛花市、鬧社火、逛廟會，眾多活動，不勝枚舉。其中，貼春聯、貼門神、放鞭炮、吃團圓飯、拜年、鬧花燈，這幾個風俗是最普及的。

貼春聯

春聯，也叫門對、對聯、桃符等，它以工整、對偶、簡潔、精巧的文字抒發美好願望。春聯起源於桃符，"桃符"是周代時懸掛在大門兩旁的長方形桃木板。五代時，西蜀的宮廷裏，有人在桃符上題寫聯語——"新年納餘慶，嘉節號長春"，從而出現了中國的第一幅春聯。宋代時，桃符由桃木板改為紙張，叫"春貼紙"。至明代時，桃符才改稱"春聯"。

紅豔豔的春聯不僅增加節日喜慶的氣氛，更表達了人們對未來的寄託，對新春的祝頌，因此，春節期間，家家戶戶都精選一幅大紅春聯貼於門上，像"歲歲平安日，年年如意春"，"春滿人間百花吐豔，福臨小院四季常安"等，表達人們憧憬未來、熱愛生活的心願。

貼門神

古代的人們認為有門神守住門戶，大小惡鬼就不敢入門為害。於是人們將專門管鬼的神荼、郁壘用桃木刻成人形，掛在門邊，後來又畫成人像張貼在門上，出現了最早的門神。

門神的形象一直在演變。漢代時，班固在《漢書·廣川王傳》中記載：廣川王的殿門上畫有古勇士成慶的畫像，穿着短衣大褲，提着長劍。到了唐代，門神的位置被秦叔寶和尉遲敬德所取代。《西遊記》第十二回"二將軍宮門鎮鬼"寫到，涇河龍王向唐太宗呼號討命，太宗不勝其擾。大將秦叔寶和尉遲敬德為太宗在寢宮門外守護，才得太平。於是唐太宗命人將二將畫在紙上，貼於門上。自此，秦叔寶和尉遲敬德像成為流行最廣的門神。

民間還有畫關羽、張飛像為門神的。人們將一對門神畫成一文一武，一白一黑。白左黑右，各手執槊鉞，分貼左右，鎮邪安宅。現在的城市裏，各家各戶都有防盜門、安全鎖，層層安保措施，很少有人貼門神保平安了，只有一些鄉村還保留着這一習俗。

放鞭炮

鞭炮是中國特產，又稱"爆仗"、"炮仗"、"爆竹"。中國民間有"開門爆竹"的說法，即在新的一年到來之際，家家戶戶開門的第一件事就是燃放鞭炮，以啪啪叭叭的爆竹聲除舊迎新。每當午夜交正子時，新年鐘聲敲響，整個中華大地，爆竹聲響徹天空，把除夕的熱鬧氣氛推向了最高潮。王安石的《元日》詩："爆竹聲中一歲除，春風送暖入屠蘇。千門萬戶曈曈日。總把新桃換舊符。"形象地描繪了放鞭炮迎新年的歡樂情景。

爆竹聲響不僅是辭舊迎新的標誌、喜慶心情的流露，對於商家而言，放爆竹還有另一番意義——爆發，即在除夕之夜大放炮仗，來年就會大發大利。民間認為，敬財神要爭先，放爆竹要殿後，要想發大財，炮仗要響到最後才算心誠。因此，商人們往往買一盤盤長長的鞭炮，鞭炮燃得越久、響聲越脆，代表來年會越發達。

近年以來，出於安全和環境保護的考慮，城市裏開始禁止燃放鞭炮，人們只能在指定的燃放點放煙花爆竹，鞭炮也逐漸被更為絢麗多彩的煙花所取代了。

吃團圓飯

除夕守歲是最重要的年俗活動。守歲從吃年夜飯開始，年夜飯又叫"團圓飯"，即全家人聚齊進餐，濟濟一堂，寓意吉祥和諧。年夜飯要慢慢地吃，從掌燈時分入席，有的人家一直要吃到深夜。中國人非常重視年夜飯，無論離家遠行或出門打工的親人都要想方設法趕回家過年，於是每年春節期間，都可見幾億中國人集中返鄉的"春運"狂潮。

各地除夕的家宴菜餚都非常豐富。像陝西家宴一般要做四大盤、八大碗，四大盤為炒菜和涼菜，八大碗以燴菜、燒菜為主。江漢地區則盛行炒十個菜，分別為四魚、四肉、一雞、一鴨，取十全十美、圓圓滿滿之意。安徽地區僅肉類菜餚就有紅燒肉、虎皮肉、肉圓子、木鬚肉、粉蒸肉、燉肉及豬肝、豬心、豬肚製品，另外還有各種炒肉片、炒肉絲等。湖北則流行"三蒸"、"三糕"、"三丸"。"三蒸"為蒸全魚、蒸全鴨、蒸全雞；"三糕"是魚糕、肉糕、羊糕；"三丸"是魚丸、肉丸、藕丸。

除夕的菜餚不僅豐盛，而且講究彩頭，因此，各地的除夕家宴上一般都會有一種或幾種必備的寓意吉祥的菜式。比如蘇州一帶，餐桌上必有黃豆芽（如意菜）、芹菜（勤勤懇懇）。皖南地區則備兩條魚，一條只能看卻不許吃的完整鯉魚，表示年年有餘，另一條可以吃的鰱魚，象徵連子連孫，人丁興旺。祁門家宴的第一碗菜是"中和"，用豆腐、香菇、冬筍、蝦米、鮮肉等製成，含義為"和氣生財"。南昌地區必食年糕、紅燒魚、炒米粉、八寶飯、煮糊羹，含義依次是年年高升、年年有餘、糧食豐收、稻米成串、八寶進財、年年富裕。

如今，越來越多的家庭選擇在飯店吃年夜飯。飯店不僅菜餚更豐富更美味，而且也節省了時間，免去了勞累，未嘗不是一個好選擇。吃完年夜飯以後，全家人圍坐在一起聊天、吃點心、看春節聯歡晚會，這幾乎是每一個中國家庭除夕夜晚的寫照。

拜年

新年第一天，人們早早起來，穿上最漂亮的衣服，打扮得整整齊齊，出門去走親訪友，笑容滿面地拱手抱拳，祝福“新年愉快”、“萬事如意”，稱為拜年。

拜年一般從初一延續到十五，頭幾日都是給住處較近的親朋拜年；初二是媳婦回娘家拜年的日子；初五以後，則是出遠門拜年。正月裏，該拜的都要拜到，即使不能親往，也要捎了話、帶了禮去。拜年時，一般不宜空手踏進人家的門檻，要稍備一些禮品，表達對主人的尊敬與賀意。晚輩要先給長輩拜年，祝長輩長壽安康；對於小孩拜年，長輩則要給壓歲錢。

隨着科技的進步，如今拜年的方式更加便捷，除

了往襲傳統的走訪和帖子拜年，現在人們還使用電話、短信、或是網上拜年。拜年成了人們檢視感情和聯絡關係的絕佳時機，拜年的禮品更加豐厚，孩子們的壓歲錢也逐漸演變成衡量人情厚薄的標竿了。

鬧花燈

農曆正月十五是"元宵節"，俗稱又叫"燈節"。古時候元宵夜是舉國歡慶最熱鬧的時刻，城裏鄉間，到處張燈結綵，不論皇室貴戚，平民百姓，甚至深閨淑女，都出遊玩賞，觀花燈、猜燈謎，盛況空前。

燃燈之俗始於漢代，東漢順帝年間，張道陵創建道教，把正月十五定為"上元節"，並在這天燃燈祭祀"太乙神"，於是此俗歷代相沿。到隋朝時，每年還要舉行盛大燈會，招待各國使節。唐玄宗時，於正月十五重開宵禁，命點千盞花燈，張燈三夜，成為一時之盛，自此，元宵節開始成為燈節。到了北宋年間，放燈時間又增至五夜，起於十四，止於十八，元宵節更為興盛，故有"宋時湯圓隋時燈"之說。在宋代時還出現了燈謎，即將謎語繫於燈上，使人們在賞燈之際伴以猜謎，更添情趣。"燈謎"一詞即源於此。明朝下詔"元宵節自十一日始，賜節假十日。"成為歷代最長的燈節。到了清代，燈節假日改為四天，但盛況不減。從正月"十三上燈，十四試燈，十五正燈。"一直熱鬧到"十八落燈"，整個新春佳節才算落下帷幕。

如今，元宵節所具有的那種狂歡性和民間性已越來越薄弱，複雜的節俗簡化成為"吃元宵"的食俗，盛況空前的燈節越來越少見，"猜燈謎"的節俗也只被商家用來當作招攬顧客的噱頭了。

三、作家筆下的春節

春節是中國最重要的傳統節日之一，從古至今，無數文人墨客用生花妙筆吟詠和記錄了這歡樂的時刻。透過作家的作品可以分享和體驗到那濃郁的春節氣氛。

剛剛進入臘月，年味便已撲面而來。老舍在《北京的春節》中記載到："按照北京的老規矩，過農曆的新年（春節），差不多在臘月的初旬就開頭了。'臘七臘八，凍死寒鴉'，這是一年裏最冷的時候。可是，到了嚴冬，不久便是春天，所以人們並不因為寒冷而減少過年與迎春的熱情。在臘八那天，人家裏，寺觀裏，都熬臘八粥……二十三過小年，差不多就是過新年的"彩排"。在舊社會裏，這天晚上家家祭灶王，從一擦黑兒鞭炮就響起來，隨着炮聲把灶王的紙像焚化，美其名叫送灶王上天……過了二十三，大家就更忙起來，新年眨眼就到了啊。在除夕以前，家家必須把春聯貼好，必須大掃除一次，名曰掃房，必須把肉、雞、魚、青菜、年糕甚麼的都預備充足，至少足夠吃用一個星期的。"

臘月裏北方忙着做臘八粥、祭灶王、備年貨，南方也不閒着，忙年、祭祖，還有各具特色的慶典。魯迅在《祝福》中描述了江南小鎮新年前夕的景象："家中卻一律忙，都在準備着'祝福'。這是魯鎮年終的大典，致敬盡禮，迎接福神，拜求來年一年中的好運氣的。殺雞，宰鵝，買豬肉，用心細細地洗，女人的臂膊都在水裏浸得通紅，有的還帶着絞絲銀鐲子。煮熟之後，橫七豎八的插些筷子在這類東西上，可就稱為'福禮'了，五更天陳列起來，並且點上香燭，恭請福神們來享用，拜的卻只限於男人，拜完自然仍然是放爆竹。年年如此，家家如此，——只要買得起福禮和爆竹之類的——今年自然也如此。"

　　春節對於成人來說，可能有辛酸也有勞累，並不完全是快樂無憂的節日，然而，對於小孩子來說，這無疑是一年中最快樂的時刻，即便在成年以後回想起來，也是最美好的回憶。豐子愷在《新年懷舊》中就滿懷深情地回憶起兒時的新年趣事："吃過年夜飯，母親乘孩子們不備，拿出預先準備的老毛草紙向孩子們口上揩抹。其意思是把嘴當作屁股，這一年裏即使有不吉利的話出口，也等於放屁，不會影響事實。但孩子們何嘗懂得這番苦心？我們只是對這種惡戲發生興趣，便模仿母親，公然地向同輩，甚至長輩的嘴上亂擦。被擦者絕不忿怒，只是掩口而笑，或者笑着逃走。於是我們拿起草紙，朝後追趕。不期正在追趕的時候，自己的嘴被第三者揩過了。於是滿堂哄起熱烈的笑聲。"

　　魯迅則對壓歲錢的記憶更加深刻，他在《朝花夕拾·阿長與〈山海經〉》寫道："一年中最高興的時節，自然要數除夕了。辭歲之後，從長輩得到壓歲錢，紅紙包着，放在枕邊，只要過一宵，便可以隨意使用。睡在枕上，看着紅包，想到明天買來的小鼓，刀槍，泥人，糖菩薩……。"

　　在舊年裏的春節，大人忙年，小孩忙玩，大家忙碌而又熱鬧，簡單而又快樂。現在的新年，雖然程序更加簡化，物質更加豐富，人們的閒暇和金錢更多，但年味卻越來越淡了。甚麼時候，我們能敞開心扉，重拾過年的快樂呢？

四、世界各地的春節

除了中國，世界上還有多個地區有過春節的習俗，尤其是一些受中國文化影響較大的東南亞國家，如朝鮮、韓國、蒙古、越南、老撾、緬甸、柬埔寨、泰國、新加坡、馬來西亞等，讓我們一起來看看這些地方是怎樣過春節的。

越南的春節

在越南，春節是最隆重的節日，也是國家法定休息時間最長的一個節日。

春節期間，越南民間常有許多活動，如賞花市、鬧花燈、唱戲、民歌對唱、禮拜寺廟、遊覽名勝古蹟等，統稱為"賞春"。賞花市是越南春節重要活動之一，比如河內，花市在春節前十來天就熱鬧非凡了。

越南人最愛的年花有劍蘭、大麗菊、金橘和桃花，其中桃花、金橘盆景和五果盆是越南人春節期間不可缺少的三種裝飾品。在他們看來，桃花是避邪之物，也是幸運的象徵。金橘是取其名字吉利之意。五果盆是用於供奉祖宗的，一般有番荔枝、椰子、水榕果、芒果等五種，在越南語裏，番荔枝音同"求"、椰子音同"餘"、水榕果音同"充"、芒果音同"使"，意即祝願年年有餘，豐衣足食，有錢使不完。

越南的大年初一除了傳統的祭祖和拜年，還有許多引人入勝的活動：表演戲劇、舞龍舞獅等，最具特色的活動是下人棋。即將中國象棋的棋盤畫在地面上，手執木牌（木牌上刻有與棋子對應的車、馬、炮等）的人充當棋子坐在場中。對弈時，由棋手調兵遣將，旁邊擊鼓行軍，頗有沙場點兵的雄壯氣氛，深受越南人民的喜愛。此外，越南人很看重大年初一第一個到自己家拜年的人，這個人被稱作“沖年喜”之人。許多家庭年前都會託一個忠厚善良、有福分的人來“沖年喜”，以求新年的大吉大利、萬事如意。

韓國的春節

在韓國，春節是僅次於中秋節的第二大節日。韓國春節的傳統風俗有很多，流傳至今的主要習俗有祖先祭拜、歲拜、德談、擲木四和跳板等。其中，最重要的活動是祭祀祖先。韓國人祭祖的程序很嚴格，對每個細節都非常講究，像供桌的擺放，就一定要遵循“魚東肉西”、“頭東尾西”、“紅東白西”、“棗栗梨柿”、“生東熟西”、“左飯右羹”的規則。

韓國人也有自己的春節特色食品，統稱為“歲餐”。最具代表性的春節料理是“年糕片湯”。古代的韓國人崇尚太陽，因此用白色的小圓狀年糕片來代表太陽，正月初一早晨吃年糕片湯代表着迎接太陽的光明，也象徵着新的一年全家團圓美好。以前的年糕片湯是用美味的野雞湯熬成，現在野雞難得，人們便改用牛肉或雞肉湯代替。在韓國的中部和北部地區，人們還喜歡在年糕片湯裏加入山雞肉、綠豆芽、蘑菇和泡菜為餡的餃子。此外，蜜糯油果、桂皮湯、八寶飯和肉片等也是每個家庭準備的招待親友的食品。

韓國人非常重視過年時一家團聚，他們稱春節回家探親為“歸省”。與中國人潮攢動的火車“春運”不同，韓國的春運人潮是在公路上。韓國的汽車普及率很高，因此，在春節前夕，到處可見穿着一身顏色鮮亮的傳統民族服裝的韓國人，一家幾口開着汽車奔向故鄉，構成了一幅獨特的韓國春節返鄉圖。

其他國家和地區的春節

新加坡的春節也是國家法定假日，在新年到來前夕，因為工作和學習旅居海外的新加坡人都會回國一家團圓。節日期間，人們相互拜年，拜年不需帶貴重禮品，只送給主人兩個橘子，橘與"吉"諧音，象徵大吉大利。過年派發紅包則不是長輩的專利，而是以"結婚已否"來界定，凡是已婚者，就有具備派發紅包的"資格"。因此，經常可見已婚的弟弟給未婚的姐姐發新年紅包的情形。

在馬來西亞，春節一到，從首都吉隆坡到各地華人聚居區或中國城紛紛掛起大紅的燈籠，貼起春聯，商場裏擺滿了年貨。由於當地華人多來自福建，受閩南文化影響，人們過春節一定要買鳳梨（菠蘿），閩南語"鳳梨"與"旺來"諧音，鳳梨就成了春節的吉祥水果。

香港的春節，有一個奇怪的現象——春節期間，許多家庭成了"空巢"。這是因為老一輩的許多香港人都來自廣東沿海，因此，春節期間就出現了舉家"北上"返鄉祭祖和團聚的盛況。至於留守在香港的市民，歡慶活動照樣豐富多彩，燈籠、廟會、利市，到處喜氣洋洋。尤其是每年在維多利亞港上空持續近半個小時的煙花匯演，更將春節的氣氛推上高潮。

在歐美一些國家，也有慶祝春節的活動，但多局限在華人圈，春節很少成為全國性的法定假日。不過，隨着華人影響力的增強，春節在歐美國家也日益得到重視。如美國紐約曾在 2003 年將春節定為市民的公共

假日，專門為華人安排了燃放鞭炮的時間和地點，春
節大遊行已成為紐約重要的觀光項目。在加拿大，春
節也日益成為地方重大節日，從多倫多到溫哥華，春
節期間華人都要舉行大型的遊行聯歡活動。春節這一
中國的傳統節日，正隨着經濟和文化的交融走向世界。

佛誕節

　　佛誕節又稱浴佛節、灌佛會、龍華會、華嚴會等，是北傳佛教紀念和慶祝佛教創始人佛祖釋迦牟尼佛誕生的日子。佛誕節和盂蘭盆節一樣，是中國佛教中兩個最重大的節日之一。

一、佛誕節起源

　　相傳公元前 565 年農曆四月初八那天，印度迦毗羅衛國國王淨飯王的王后摩耶夫人按當時風俗乘馬車回娘家待產，途經藍毗尼花園，忍不住下車遊園洗浴，在菩提樹下生下了太子喬答摩·悉達多。據《佛説太子瑞應本起經》卷上載，摩耶夫人誕下悉達多太子後，四天王以香湯浴太子身。又有《普曜經》載，悉達多太子降誕人間，天上有九龍吐出香水為太子洗浴。太子從摩耶夫人肋下誕生後，不需別人扶接就向東西南北各行七步，一手指天，一手指地，口中説："天上天下，唯我獨尊。"意即他將是宇宙中廣渡一切沉淪生死眾生的最尊貴者。這位太子就是佛教始祖釋迦牟尼佛。

　　佛教徒將佛祖在菩提樹下降生的這天稱為佛誕日。又因為九龍吐香水為太子洗浴的典故，佛教徒每年慶祝佛陀誕辰就沿用此例進行浴佛儀式，故佛誕節又名浴佛節。

　　由於古時中國、印度、錫蘭（今斯里蘭卡）等國曆法差異，歷經二千年後，各國的"佛誕日"日期有所不同。北傳佛教（也稱漢傳佛教）傳統以農曆四月初八日為佛誕節，而南傳、藏傳佛教則歷來以公曆五月的月圓日（相當於中國農曆當月之十五日）為佛誕日，1954年在緬甸仰光召開的"世界佛教徒聯誼會"第三次大會上，定此日為"世界佛陀日"。為尊重歷史傳統，又體現佛法的莊嚴性和一致性，中國各大寺院除了仍以農曆四月八日為佛誕日外，自1990年起，增加每年公曆五月月圓日為佛陀吉祥日。

二、佛誕節習俗

佛誕節是佛教的一個重大節日，是佛教界最隆重的節日，除了在寺廟舉行隆重的供佛祭祖、浴佛儀式外，還會舉行諸如演奏宗廟祭禮樂、燃燈會、放生、齋會等活動。由於圍繞佛誕節的這類活動持續多日，參與者眾多，以至年復一年，在許多寺院形成了傳統的廟會。

浴佛

節日前，佛教徒將殿堂佛像擦拭潔淨，將寺院打掃一新，善男信女則雲集佛寺準備參加次日清晨舉行的紀念法會。

節日當天的早齋或午齋前，各大寺都要根據佛經中有關佛誕生時九龍吐水洗浴聖身的記述，用各色香水灌洗一手指天一手指地的太子像（即釋迦牟尼佛誕生像），稱為"浴佛"。寺院住持率領全寺僧眾禮讚誦經，隨後持香跪拜、唱浴佛偈或唸南無本師釋迦牟尼佛，僧眾和居士們一邊唸一邊依次拿小勺舀湯浴佛。若參加的人太多，則採取由僧人手持楊樹枝蘸浴過佛的淨水為信眾點浴的方式為大眾祝福。

廟會

善男信女在佛誕節這一天到寺院燒香還願、禮佛誦經，或佈施錢物、燒吉祥疏、薦亡疏，或聽法師講經、請僧人做佛事，或舉行“放生”等活動。而寺外，有些地方引入舞龍、舞獅等世間風俗，張燈結綵，熱鬧非凡。

吃結緣豆

在北京地區，明朝開始有佛誕節食結緣豆的習俗。據《餘墨偶談》稱：“京都浴佛日，內城廟宇及滿洲宅第，多煮雜色豆，微漉鹽豉，以豆蘿列於戶外，往來人撮食之，名‘結緣豆’。”這個習俗在清代大為流行。

齋會

佛誕日舉辦齋會（善會）也頗為時興。這個風俗與佛誕日無必然聯繫，實際是寺院舉辦的一種集資募捐活動，佛誕日只是由頭。在佛誕日舉辦齋會，已難以體現紀念佛祖之初衷，而且因為它以集資募捐為目的，亦誘發出許多弊端。

中國不同地區的佛誕節習俗

佛誕節那天，香港的長洲、大嶼山及屯門等地都有大型慶祝活動。佛教弟子會舉行規模盛大的法會，會中製作一個花亭，亭中安置誕生的佛像，大眾禮拜並以香湯灌沐，藉香花淨水灌沐佛像的儀式，提醒自己外離身垢、內離心染，保持身心清淨，啟發內心的慈悲與智慧。香港旅遊發展局舉辦的"傳統節日巡禮"，亦重點推介佛誕慶祝活動。1998年，覺光法師將佛誕日爭取為香港假期，提高了佛教文化和中國傳統節日的影響。

每年農曆四月初八，四川省甘孜藏族自治州康定地區的人們匯聚到馬山麓、折多河畔，舉行拜佛節，祈禱神佛保佑人們五穀豐登。

松遼地區朝鮮族人稱佛誕節為"燈夕"或"浴佛日"，節日當天家家燃燈，燈多掛於竿頭，豎於門口，掛燈的數量與該家人口數相等，所掛之燈越明亮越吉祥，燈竿越高越好。燈的種類也很多，有西瓜燈、蓮花燈、日月燈等等，燈上寫有"壽"、"福"等字，有的還繪有三國人物。而當地漢族過佛誕節則是在各佛寺設齋會，用五色香水浴佛，作"龍華會"。遼西地區則稱"香火會"，有患病小孩的人家，家長要領自己的孩子到廟上"燒替身"和"跳牆"。

三、作家筆下的佛誕節及現實中的佛誕節文化

作家茅盾曾在《"佛誕節"所見》中描寫到："虔誠

燒香拜佛的人，燒香拜佛帶買東西的人，不燒香也不拜佛只是來買東西的人，不專買東西而只是來看看有沒有甚麼可買的人，甚麼也不想買而來軋熱鬧的人，——男的、女的、老的、小的，從上海的各處，從上海近鄉的角落，都匯集在靜安寺一帶。""廣闊的馬路擠滿了人。各種車子都只好'牛步化'"。雖然在當時抗戰背景下，他是以諷刺口吻寫出的這段話，但也真實反映了即使在動亂時期，佛誕節仍然熱鬧非凡。

如今，佛誕節表達宗教內涵的同時，也與時俱進，有了時代的痕跡。比如，2009 年北京朝陽寺佛誕節，除由該寺化了法師誦唱寒山僧蹤及叩鐘偈以外，還邀請台灣金色蓮花精心設計別開生面的佛曲演唱會，包括佛誕歌曲、淨美佛曲及動感佛曲等，兼動感歡樂與深刻禪文化藝術內涵於一體。下面是當時節目單：

（一）佛誕歌曲

1、佛誕節快樂；

2、寄一張佛誕卡給你；

3、Vege 佛誕大餐（Rap）；

4、浴佛偈；

5、禮讚佛陀；

6、Merry Buddha Day。

（二）淨美佛曲

1、新世紀之願；

2、萬朵蓮花；

3、准提佛母咒；

4、心經；

5、蓮花樣男子；

6、紅塵漫漫；

7、遙喚觀世音菩薩；

8、禪歌——風動幡動；

9、楓橋夜泊與眾生偈；

10、純然與百字明咒；

11、愛的晶瑩小語；

12、佛菩薩愛你。

（三）動感佛曲

1、Namo Wisdom Buddha；

2、文殊心咒（山地天唱版）；

3、巾舞妙音；

4、地藏菩薩滅定業真言；

5、阿彌陀心咒（壯闊版）；

6、搖滾普巴金剛咒；

7、六字大明咒；

8、動感大悲咒。

四、世界各地的佛誕節

佛教在世界範圍流傳甚廣，慶祝佛誕節的國家和地區頗多，包括中國大陸、香港、澳門、日本、韓國、台灣、蒙古、越南、馬來西亞、印尼、印度等等。全球佛教徒每逢佛誕節，都到各寺院道場參加浴佛法會，淨化身心。世界各國除了沿襲傳統的浴佛法會外，亦會配合當地民族風情，按民眾所需規劃各類型的慶祝活動，讓不同種族、信仰的人士，共同慶祝佛誕佳節。

韓國的佛誕節

韓國的佛誕節稱為釋迦誕辰日，日期在農曆四月

初八。這一天，全國放假一天，各地寺院為了慶祝佛祖誕生舉行佛教紀念儀式。白天會有身着盛裝的民族表演遊行、大型的民族舞蹈遊街表演。晚上寺廟有點蓮花燈活動，每盞蓮燈的花瓣上都寫着祝福祈願的話語，承載善男信女們的無限虔誠。

　　大雄寶殿的門廊上搭起臨時舞台，演出傳統節目。有類似於説書的，誦經的，也有民間的男女聲演唱。信徒們向悉達多太子像浴佛洗禮。悉達多太子像被百花簇擁，茗香浸潤，善男信女們列隊靜候，恭敬肅穆，用勺子舀淨水自悉達多太子像頭頂緩緩澆灌，沐之以全身，口裏唸唸有詞。

泰國的佛誕節

　　泰國有佛教國家之稱，對佛誕節自然是非常重視。泰國佛誕節的日期是泰曆六月十五日（如逢閏年則改為泰曆七月十五日），是泰國極具意義的一個節日。在象徵佛祖的出生加持和離世升天的這一天，舉國人民在僧侶的帶領下，手持蠟燭圍在寺廟之外，氣氛虔誠莊嚴。信徒在寺廟誦經，並以蓮花、香及蠟燭供養佛陀，更有人購買一小片金箔繞佛三匝後，貼在佛陀的金身上。

佛教徒相信輪迴，認為釋迦牟尼活了許多世。人們在寺院內進行隆重的施齋並聽僧人誦講佛經。人們將佛像從佛殿裏請出，安放在可以移動的小亭子內。佛像放着僧缽，眾僧手捧僧缽相隨佛像之後，列隊而坐的信男善女將施捨的飯食放人僧缽內。人們還要進行奉施僧衣、施放黃布等活動。

日本的佛誕節

日本的佛誕節叫灌佛會，也叫降誕會、佛生會、浴佛會、龍華會、花會式、花節等。在這一天，每個佛教寺廟的院子裏都有一間小廳佈置成的"花御堂"（hanamido），裏面擺滿各色鮮花。小廳中間是一盆水，盆中有一尊佛祖誕生像。寺廟人員會在四月八日之前準備甘茶（阿瑪茶或八仙花茶），前來參拜的人將甘茶倒在雕像的頭上，代表龍噴灑在佛祖頭上的純潔之水。寺廟還會在節日那天將甘茶分給遊客，讓他們帶回去與家人一同享用。過去，人們還認為甘茶具有神奇的力量。人們用甘茶製的墨水寫符咒，並把它倒掛在大門外，相信這種符咒能夠驅蛇或其他怪獸奇蟲。如今，甘茶只當作能帶來好運的祈福之水飲用。

其他國家的佛誕節

越南的佛誕節除傳統的佛教儀式外，往往還會安排講說佛法、佛誕畫舫和佛誕花車遊行、以及表演節目等多種活動。各大重點寺院人山人海，成千上萬的信眾參加活動。

蒙古中斷佛誕節二十年後，於 1991 年重新開始在每年的 5 月 28 日慶祝佛誕節，紀念佛祖釋迦牟尼誕辰。儀式上由喇嘛高聲誦經，摔跤手進行角逐，並有文藝表演。人們在這一天吃素、戒煙酒、行善事，祈禱國家穩定和人民團結。

馬來西亞和印尼的新曆五月第一個月圓日的衛賽節（即佛誕節）是國定紀念日。在這一天，佛教徒紀念佛陀三件大事——降生、成道、涅槃。各個寺院，除了在門口插上教旗與國旗外，電視台、學校，甚至電影院等大型公共場所，均有佛教故事及話劇演出。各佛教團體也舉辦衛賽卡比賽，徵文或演講比賽景象熱烈。吉隆坡最令人矚目的就是晚間大遊行，有佛教團體製作的花車及數十萬信眾，每人一手拿着蓮花蠟燭，一手揮着教旗，在口誦佛號聲中，龐大的遊行隊伍連續兩三個小時行走穿梭於城市的主要街道，結束後再集合誦經回向。

而在印度，佛誕節日期是印曆二月十五日。在那一天，教徒不吃肉，只喝牛奶。已婚者沐浴後穿上白衣去廟裏祈禱，向和尚施捨，或唱誦佛陀生平業績，或請和尚到家裏佈道說教。另外，還會舉行放生活動，也有虔誠的教徒提前趕在節日前到聖地朝拜。雖然佛教發源於印度，但佛教在印度日趨式微，反而印度以外慶祝佛誕節的活動更多一些。

端午節

　　端午節是中國的傳統節日，時間在每年農曆五月初五。端午節的名稱在中國傳統節日中叫法最多，達二十多個，如：端午節、端五節、端陽節、重五節、天中節、夏節、五月節、菖節、蒲節、龍舟節、浴蘭節、女兒節、粽子節、午日節、艾節、夏節等等。端是"開端"、"初"的意思，初五可以稱為端五。端午節與春節、清明節、中秋節並稱為中國漢族的四大傳統節日。

一、端午節起源

　　端午節的起源向來眾說紛紜，常見的有紀念屈原、紀念東漢孝女曹娥（浙江一帶流傳）、迎濤神伍子胥（吳楚兩地說法）、龍的節日、五月毒月初五惡日等傳說，其中以紀念屈原說影響最為廣泛。

　　屈原是戰國時代楚國的著名詩人，他才華橫溢，頗受楚懷王器重，但卻遭到守舊派的反對和詆毀，使得楚懷王漸漸疏遠了他。屈原憂鬱悲憤，寫出了《離騷》、《天問》等著名詩篇。公元前 229 年，秦國攻佔了楚國八座城池，派使臣請楚懷王去秦國議和。屈原冒死勸諫，楚懷王不但不聽，反將屈原流放。楚懷王一到秦國就被囚禁，三年後客死秦國。楚襄王即位不久，秦王攻佔了楚國京城。屈原在流放途中，接連聽到王死、城破的噩耗，萬念俱灰，投入了激流滾滾的汨羅江。江上的漁夫和岸上的百姓聽說後，紛紛到江上奮力打撈屈原的屍體，還拿來粽子、雞蛋投入江中，把雄黃酒倒入江中，想藥昏蛟龍水獸，使屈原屍體免遭傷害。從此，每年五月初五屈原投江殉難日，楚國人民都到江上划龍舟，投粽子，以此來紀念偉大的愛國詩人，端午節的風俗就這樣流傳下來。

其實，端午節源於中國五帝時期的祭龍日。據說大禹在位時期，荊南古越人崇拜“龍”圖騰，認為“龍”的威懾力可以驅除災疫邪祟，尤其可以避免水災危害生靈，就宣傳五月五日為龍之誕生節，端午遂一度成為最重要的節日。但是這個節日傳到春秋早期時，幾乎被戰亂期間的人民所遺忘。直到後來，同樣是這一天，遭受貶謫的屈原縱身一跳，跳出了一個全新的端午。漢魏時期，端午節終於脫離節令，形成獨立節日，六朝後真正成為民俗大節。

二、端午節習俗

端午節迄今已有二千五百餘年歷史，它由驅毒避邪的節令習俗衍生出各地豐富多彩的祭祀、遊藝、保健等民間活動。各地風土人情迥異，不同地區端午習俗也異彩紛呈，主要有吃粽子、賽龍舟、插艾蒿、掛菖蒲、戴香囊、飲雄黃酒等。

端午節遊戲

中國古代端午節的遊戲有射箭、打馬球、鬥草等，流傳至今的鬥草歷史最為悠久。鬥草有“武鬥”和“文鬥”之分。武鬥，就是兩人各持草莖的一端，然後用力去拉，誰先斷誰就是輸家；文鬥，就是雙方以對仗形式互對花名、草名，報得多的為勝。

端午節食俗

現時端午節的應節食品有粽子、雄黃酒、鹹鴨蛋等，其中粽子是端午食品中的主角。不過，有記載的最早出現的端午應時食物，是西漢時的"梟羹"，梟即貓頭鷹，古人認為貓頭鷹是一種惡鳥，於是捕捉貓頭鷹烹作肉羹。史書記載漢武帝曾用梟羹賜百官。

粽子在東漢就已出現，到晉朝成為端午的應節食品，在唐、宋時已成為端午節的必備食品。晉人周處《風土記》寫道："五月五日，與夏至同，……先此二節一日，又以菰葉裹黏米，雜以粟，以淳濃灰汁煮之令熟"。可見粽子是在每年端午和夏至兩個節日裏食用，說端午食粽是祭屈原是後人附會而成的，僅反映民眾的心願而已。

實際上，為了紀念春秋時晉國的介子推而形成的"寒食節"(清明前一天)吃粽子的習俗，起源要比端午食粽早。

粽子形狀有三角、四角錐形、枕頭形、小寶塔形、圓棒形等；大小差異甚巨，有達二、三斤的巨型兜粽，也有小巧玲瓏，長不及兩寸的甜粽；而且各地的風味也各不相同，有南北之分，南方常用紅棗、花生、鹹肉等混在糯米中製成，以鹹為主，也有單以粽葉裹糯米品粽葉清香的品種；而北方多以棗、果脯等為餡，口味偏甜。

一些少數民族也有食粽子的習俗，如瑤族的"枕頭粽"，畬族的"牯角粽"等等。由於飲食文化的傳播，早在中國古代時，製作粽子的技術就傳到了國外，因而世界上許多國家，包括東南亞、拉美一些國家也都有吃粽子的習俗。

賽龍舟

傳說戰國時楚人因捨不得屈原死去，於是爭先恐後划船前去拯救，這便是龍舟競渡的起源。後來每年端午節人們划龍舟以紀念屈原，漸漸演變成了一個固定的習俗。如今，賽龍舟

逐漸發展成為國際性的體育賽事。

賽龍舟衍生出來一些相關活動。比如龍舟遊鄉，是在龍舟競渡時划着龍舟到附近熟悉的村莊遊玩、集會。有時龍舟還有各種花樣的划法，具有表演的意味。也有的是遊船式競渡，即划着龍船、搖船在水上奏樂、遊玩。還有在陸地上進行的模擬龍船比賽的旱龍舟等，不一而足。

因賽龍舟的傳統，各地又逐漸流傳助興的龍舟船歌，如湖北秭歸、廣東南雄、廣西臨桂等地的龍船歌，如號子般的節奏鮮明、熱烈，唱起來十分動人。

端午節衛生習俗

端午在古人心目中是毒日、惡日，端午節的到來代表着燥熱、濕毒的夏季真正到來。夏季天氣燥熱，瘴濕毒氣俱出，人易生病，瘟疫也易流行；加上蛇蟲繁殖，易咬傷人，所以產生各種求平安、禳解災疫的習俗，如採藥、以雄黃酒灑牆壁門窗、飲蒲酒等，可起到祛濕、驅蟲、消毒、殺菌的作用，有益於身體健康。端午可謂是傳統的醫藥衛生節，可能還是世界最早的衛生防疫日。端午的衛生習俗有：

藥草洗浴：古時過端午節，人們會上山採百草、採茶、捉蟾蜍等，並用蒲、艾、鳳仙、白玉蘭、桃葉等花草煮成藥水洗浴，古人稱為“沐蘭湯”，據說可治皮膚病、去邪氣。在濕熱的南方，用藥草煮水洗浴的習俗一直沿襲至今。

飲雄黃酒、塗雄黃：這種習俗流傳很廣。戲曲《白蛇傳》裏，便有端午喝雄黃酒驅蛇的場景。至今，在廣西等地，端午時有含雄黃、朱末、柏子、桃仁、蒲片、艾葉等的藥料出售，人們浸入酒後再用菖蒲艾葉蘸灑牆壁角落、門窗、牀下等，或用酒塗小兒額頭、耳鼻、肚臍，以驅毒蟲、求平安。

掛艾葉、菖蒲等：艾草和菖蒲都是重要的藥用植物，既可治病，又可驅蟲。端午節，家家灑掃庭院，把菖蒲、艾葉插在門上，象徵祛除不祥的寶劍；或將代表招百福的艾草製成人形或虎形，稱為艾人或艾虎，插在門口，可使身體健康；也有將艾草製成花環、佩飾（俗稱健人、豆娘）給婦人佩戴。

另外，以五色絲編成的長命縷、五色絲縫製的內裝香料的香囊，也是端午特有的飾品，用以驅邪避惡。

別開生面的網絡端午節

網絡時代，過節也與時俱進。目前有一款端午節網絡遊戲，不僅可以在網上學習如何製作粽子，還可以在網上進行激烈的龍舟賽。不知道這種網絡端午節，會不會成為新的端午節習俗呢？

三、作家筆下的端午節

古代或現代文學作品中，都不難找到對端午節的細緻描述。比如古典文學名著《紅樓夢》，就有多處提及端午節。第三十一回中描寫了諸多端午節的民間習俗：「這日正是端陽佳節，蒲艾簪門，虎符繫臂。午間，王夫人治了酒席，請薛家母女等賞午。」第六十二回中則描寫了端午「鬥草」遊戲：「當下又值寶玉生日（即端午前一天）……滿園中頑了一回，大家採了些花草來兜着，坐在花草堆中鬥草。」

汪曾祺的《端午的鴨蛋》，詳細描寫了地處古南越一帶的端午節習俗。如身上的飾品：「繫百索子：五色的絲線擰成小繩，繫在手腕上。絲線是掉色的，洗臉時沾了水，手腕上就印得紅一道綠一道的。"還有房前屋後的節令飾品："做香角子：絲線纏成小粽子，裏頭裝了香麵麵，一個一個串起來，掛在帳鈎上。貼五毒：紅紙剪成五毒，貼在門坎上。貼符：這符是城隍廟送來的。"端午節斷斷少不了雄黃酒："用酒和的雄黃在孩子的額頭上畫一個王字"，還有就是午飯要吃"十二紅"，即十二道紅顏色的菜。另外，還談到一個比較特別的風俗——"放黃煙子"。文中寫道："黃煙子是大小如北方的麻雷子的炮仗，只是裏面灌的不是硝藥，而是雄黃。點着後不響，只是冒出一股黃煙，能冒好一會。把點着的黃煙子丟在櫥櫃下面，説是可以燻五毒。"

　　沈從文在他著名的小説《邊城》裏，描寫了湘西端午日的龍舟賽盛況，讓人如親臨其境："……在城裏住家的，莫不倒鎖了門，全家出城到河邊看划船。河街有熟人的，可到河街吊角樓門口邊看，不然就站在税關門口與各個碼頭上看。……船隻的形式，和平常木船大不相同，形體一律又長又狹，兩頭高高翹起，船身繪成朱紅顏色長線。……每隻船可坐十二個到十八個槳手，一個帶頭的，一個鼓手，一個鑼手。槳手每人持一隻短槳，隨了鼓聲緩促為節拍，把船向前划去。帶頭的坐在船頭上，頭上纏裹着紅布包頭，手上拿兩隻小令旗，左右揮動，指揮船隻進退。擂鼓打鑼的，多坐在船隻的中部，船一划動便即刻嘭嘭鐺鐺把鑼鼓很單純的敲打起來，為划槳水手調理下槳節拍。一船快慢既不得不靠鼓聲，故每當兩船競賽到激烈時，鼓聲如雷鳴……"

四、世界各地的端午節

端午節習俗從中國流傳到世界其他國家，包括日本、越南、韓國、朝鮮、新加坡、泰國等等，範圍甚廣。

日本的端午節

日本過端午的習慣是平安時代以後由中國傳入的，日期也是中國農曆的五月初五。二戰前，日本的端午節又稱兒童節，是男孩子的節日。這一天有男孩子的家庭，豎起鯉魚旗，吃粽子和柏葉餅來祝賀。豎鯉魚旗是希望孩子像鯉魚那樣健康成長，有中國"望子成龍"的意思，而吃粽子和柏葉餅是為了避邪。這個季節萬物生長，同時也可能百病發生，因此，為了防病，日本人將菖蒲插在屋簷下，或將菖蒲放入洗澡水中洗澡。日本人稱"艾旗招百福，蒲劍斬千邪"。在日語中"菖蒲"和"尚武"是諧音，因此日本端午節又漸漸地變成了男孩子的節日。

韓國端午節

韓國從箕子朝鮮到李氏朝鮮，都繼承了中國的早期端午節傳統。傳統端午節包含多重活動：如在京鄉各地舉行茶禮；婦女用菖蒲水洗髮或飲用，用菖蒲根做髮簪；喝益母草汁、煮白草；吃艾子糕或車輪餅；在大樹下盪鞦韆，進行壯士角力比賽等。不過到了李氏朝鮮王朝，端午節在發展中出現了異化，變成了端午祭。韓國申報世界非物質遺產提到的韓國端午節，指的就是江陵的端午祭。

江陵端午祭以大關嶺祭神為始拉開帷幕，活動期間舉行各種巫法和祭祀典禮，進行巫俗、假面舞、農樂表演等。2005 年 11 月 25 日江陵端午祭被世界教科文組織評為人類口頭和無形遺產，使得這個民間節日成為江陵文化的標誌及外界認識韓國文化和江陵民情的一個窗口。每年的江陵端午祭期間，來自韓國和世界各地的觀光者達百萬人之多。

越南端午節

中國南越創建者、秦朝著名將領趙佗將端午節風俗習慣帶到越南。越南人慶祝端午節的傳統方式是在節日吃水果和喝糯米酒。他們也吃粽子，不過他們在端午節吃的是方形鹹粽，這種粽子是用蝦、瘦肉、鴨蛋黃、紅豆做餡，頗具閩粵風味。還有一種甜粽，是用糯米粉捏成粉糰，將椰絲、紅豆或綠豆餡塞入粉糰做成的菱形粽，蒸熟之後沾上蜜汁或砂糖吃。

其他國家和地區的端午節

新加坡、馬來西亞、泰國、中國香港以及分佈在世界其他地區的一些華人，他們過端午節的風俗基本與閩粵一帶一樣——吃粽子賽龍舟。在香港，每年端午節，沙田城門河、屯門、大埔等傳統漁港，都會上演激烈的龍舟競渡，赤柱海灘更有久負盛名的國際龍舟錦標賽，吸引各國眾多健兒參加。端午節賽龍舟這一習俗已經演變成一項廣為人知的競技運動，在世界各地發揚光大。

排燈節

　　排燈節（Diwali Festival）又稱迪瓦利節，是印度教四大節日之一，一般在每年印度曆的八月中旬（公曆十月底或十一月初）舉辦，為期五天。排燈節不是一個世俗的節日，但卻慢慢演變成全國性的節日，甚至成為了印度最歡快、最重要的傳統節日之一。

一、排燈節起源

　　排燈節來自梵語詞 deepa 和 avail，字面意思是"排燈"。它的來源與幾個印度的神話傳說有關。

　　傳說一：起源於印度教古老的神話。印度著名的史詩《羅摩衍那》，講述了王子羅摩在修行過程中受到惡神十頭魔王羅波那的陷害，被放逐到環境惡劣的叢林達十四年之久，後來終於在眾多神猴的幫助下，戰勝惡神，救出了妻子悉多，重返故國。羅摩凱旋而歸的那一天，是一個沒有月亮的冬夜，為了歡迎他的到來，老百姓點亮了數以千計的土燈，列隊出迎。那天就被定為印度教徒的新年，也就是今天的"排燈節"。從此，印度教人把這一天看成是羅摩戰勝羅波那、正義戰勝邪惡的節日；人們憑着智慧和勞動，用一排排油燈把漆黑的夜晚變成明亮的夜晚，所以又被看成是一個光明戰勝黑暗的節日。因此，每年這個時候都點燈慶祝。

　　傳說二：印度神話裏的財運女神拉克西米會在燈節這一天下凡，巡視人間，凡是她目光所及之處，財源便滾滾而來。為了吸引她法力無邊的慧眼，家家戶戶都點起絢亮燈火以吸引女神的目光。

傳說三：居住在神聖的格法德漢納山中、被認為是印度教主神之一的毗濕奴的第八個化身的克利須那神，是印度教徒崇拜的神，在他消滅了破壞天地的惡魔和地獄之神納拉卡蘇拉的那一天，人們點亮燈火，點響鞭炮，舉行了盛大而歡樂的慶祝活動，慶祝正義戰勝邪惡、光明戰勝黑暗。因此，排燈節也叫屠妖節。

二、排燈節習俗

印度人將排燈節看作一年中盛大、隆重的傳統節日。對於全國印度教徒超過80%的印度人而言，排燈節不但是世俗意義上最喜慶的時候，更是宗教意義上最神聖的時刻。排燈節沒有正式的典禮，它與世界上其他地方的聖誕節和新年慶祝活動相似。節日前夕，人們把房間打掃得乾乾淨淨，在節日期間穿上新衣，和親朋好友互相交換糖果和禮物，夜晚則燃起焰火和蠟燭，載歌載舞，慶祝節日。排燈節的主要節日習俗有除舊迎新、點油燈、編花環、放煙花、放鞭炮、拜年、互送禮物、舉行宗教儀式等。

除舊迎新

節日前幾天，市集往往人山人海，熱鬧非凡。家家戶戶喜氣洋洋，人們緊張地忙碌，添新衣、添油燈、買鞭炮及節日用品，在屋頂上掛上五彩繽紛的彩帶以及閃光的銀紙，在牆上張貼神像，擺各種供品。為了表示對神祇們的尊敬，人們把房間打掃得乾乾淨淨並進行粉刷，將地板擦得透亮，並在家門口畫上一個藍果麗，點上一盞油燈，迎接光明的到來。

節日當天，是傳說中吉祥女神拉克西米一年一度下凡的日子。人們穿新衣，決心開始新的生活。女孩更是穿金戴銀，妝扮一新。商人則停止使用他們的老賬本，開始使用新賬本。

應節食品

排燈節期間，傳統的燈節食物是自家做的各種萊杜（萊杜是圓球形糖果的統稱）以及腰果、杏仁和開心果等堅果，客人到家裏來首先端上的也是這些零食。洋葱肉汁、鷹嘴豆粉煎餅、鷹嘴豆和馬鈴薯咖喱等，也是排燈節傳統食譜中的常備特色食品。不過，正如人們用彩色燈泡代替油燈一樣，燈節食物也逐漸現代化起來，增加了巧克力、薯片、餅乾和紅酒等品種。燈節來臨前夕，一般都會掀起一個購物高潮，許多商店紛紛推出各種包裝精美的禮籃和禮盒。

點燈

既然名為排燈節，燈自然必不可少。排燈節的"燈"，象徵着光明、繁榮和幸福。節日前夜，家家戶戶張燈結綵，牆上、門口，都點着一排排油燈，密密麻麻，如同天上繁星；商店門口點綴着五顏六色的電燈泡，燦爛輝煌，猶如白晝；各印度教寺廟在這一天也會掛起無數盞彩燈裝飾，將寺廟照得宛如一座水晶宮。

除了點燈，小孩最喜歡的就是放煙花和鞭炮，節日當天夜晚，鞭炮的響聲持續到半夜，煙花照亮整個天空。

編花環

在排燈節編織花環，源自印度教神羅摩的阿約提亞結束十四年的流亡，歸國後的慶祝，在黑暗中點燃戰勝邪惡的勝利光芒，五顏六色的花環和煙花、燈籠、燈飾等一起成為排燈節的重要節日用品。節日期間，眾多鮮豔的花環使得節日更加絢麗多姿。

送禮習俗

排燈節後兩日，是印度人走訪親朋好友並互送禮物的日子。鍍銅的蠟燭台挑着一個貼有金屬皮的蠟燭，是人們送禮的熱門貨。當然，最受歡迎的還是印度的象首神加內什。在排燈節裏，糖果是除了燈以外最重要的角色。親戚朋友之間會互送稱做"巴菲"的彩色椰子糖，表示對對方的祝福。

每到排燈節，各國領事館會按照當地習慣給當地政要送禮，給印度僱員和為領事館服務的其他人員發紅包。

節日吉祥物

傳說羅摩被惡神困住達十四年之久後，在眾多神猴的幫助下終於戰勝惡神，因此，印度教徒將幫助過羅摩的猴子當作神靈一樣尊敬和崇拜，猴子也就成排燈節的吉祥物。

宗教儀式

印度教徒在團圓飯前要敬神仙，特別是財神拉克西米；飯後舉家參與寺廟舉行的規模盛大的慶祝活動，手捧鮮花，排隊敬神。節後第二天則是祭雨神的日子，希望雨神保佑來年風調雨順、五穀豐登。

過去的排燈節活動往往會請婆羅門祭司主持。祭司神色嚴肅，進屋後直奔有供品的地方，席地而坐，坐下後親自動手佈置供品，接着開始排燈節儀式，帶領在場的人一起進行祈禱。儀式結尾，祭司將一種呈牛奶狀、名叫崩加莫里的供品分給大家喝，並將供品各分一點給在場的每個人，以喻義神賜的食物。其他的供品（一般由椰子、橘子等水果，薄達夏等甜食，糖做的糖馬、糖象等玩具組成）則由祭司全部帶走，這些供品據說是由祭司帶給拉克西米女神吃。儀式結束後，主人請在場客人吃點心和水果，並同他們的鄰居交換甜食、水果，相互祝賀。

如今的印度，排燈節的宗教意味已經比較淡化了，這種由祭司主持的排燈節活動也慢慢變少。人們利用四五天的假期走親訪友，互贈禮物、親友聚餐，成了排燈節的重要內容之一。排燈節慶對飲食、禮品、煙花、新裝等節日用品的需求，已經成為印度最大的年度消費熱潮。

三、作家筆下的排燈節

女作家李語嫣在她《曾經溫馨的排燈節》一文中對排燈節形象而生動的描述，使人驚豔。首先是各家各戶的燈："節日的夜晚，人們玩着紙牌，穿着特別的衣服，點亮裝飾蠟燭和被稱作'迪耶絲'的黏土做的燈，然後把它們放在窗子裏，甚至屋頂上"，而商店的燈已經成功更新換代成彩色電燈了："碗口大的球狀燈，水晶一樣的棱角，像是紅色和白色的液體在內部流動，煞是好看。燈具店裏由五光十色的彩燈組成的多個同心圓閃爍出不同的色彩；鞭炮形狀的燈管不斷發出溫暖的紅光；從藍色電線上流出繁星般閃爍的碎光"。

節日裏最快樂的是無憂無慮的孩子們："孩子們盡情地燃放各色焰火，美麗的焰火在成千上萬的燈光中飛向空中，給夜空平添了一份美麗。震耳的爆竹聲、升騰的耀眼焰火、建築物上閃爍的彩燈，構成了一幅壯麗的夜景。"

在排燈節官方網站（http://www.diwalifestival.org）中，不僅有排燈節的各種傳說、不同地區排燈節習俗、排燈節傳統與文化、排燈節意義，還有"燈節趣味"，包括頗具特色的排燈節食譜、如何製作排燈節賀卡、排燈節隨筆和詩歌等等。此外還開闢了一個"排燈節文章"的欄目，很多人踴躍投稿。有一篇名為《關於傳統的排燈節禮物交換》的文章非常真實地表達了人們對排燈節的喜愛："這個節日加強了我們與家人、朋友的融合，這是一個不論年齡、膚色、宗教信仰和種姓，所有人都一起攜手慶祝的節日"，"它帶來了團結意識"，而排燈節禮物的交換，表達了"愛心、尊重、感恩、團結，以及讚賞"。

四、世界各地的燈節

排燈節是世界上最廣泛慶祝的節日之一，在印度、斐濟、尼泊爾和特立尼達島等地，甚至成為全國性的節日。

美國的排燈節

在美國，由於美國許多大城市，如紐約、芝加哥、休斯頓、洛杉磯和舊金山等都有大量的印度人，並且美國約有八百個寺廟，因此，排燈節時許多寺廟都會舉行各種慶祝活動，有的地方還有傳統的印度民間舞蹈表演。

2009 年 10 月 14 日，在美國首都華盛頓的白宮東屋，舉行了排燈節的慶祝儀式，美國總統奧巴馬出席儀式並親自點燃油燈。

尼泊爾的點燈節

尼泊爾的點燈節（Dihaha）又稱光明節，於尼曆七月（公曆 10－11 月）舉行，節日持續五天。節日期間，家家戶戶會點油燈，放鞭炮慶祝。點燈節是尼泊爾全民族的喜慶節日，第一天敬烏鴉，第二天敬狗，第三天敬拉克西米女神，第四天敬神牛，第五天為兄弟點吉祥痣。

泰國的水燈節

泰國水燈節相傳始於八百多年前泰國第一個王朝素可泰王朝，在每年泰曆十二月（公曆 11 月）十五日月圓之時舉行。這是一個比潑水節更浪漫的節日，因為它還是泰國的情人節。

節日期間，處處張燈結綵，爆竹聲聲，煙花升天，有的地方還有花船比賽、選美大會，最有特色的還是傳統的放水燈。人們在厚紙或竹片做成的小船上裝滿供品，來到河岸，將蓮花燈點亮後放在河上，讓它們順河水漂流。夜晚，大小江河燈光點點，成千上萬燈光在河面飄盪，美麗無比。

放水燈時，有人敬供河神，向上天及水神答謝一年來賜予水源；有人希望水燈把災難與不幸統統帶走；而青年男女則把它變成了"情人節"。據說，每點一盞燈可許三個願望。每個人希望水燈上的蠟燭燃的時間比別的人長，那樣來年的運氣會比誰都好。

中國的燈節

說起中國燈節，人們都會不約而同想到元宵節燈會。但是，中國最具特色的燈節，很多人卻不知道，那就是被稱為"中國民俗之花"的湟源排燈。清代末年，湟源商舖為招攬顧客製作了可內插蠟燭的名號招牌，夜晚一點亮便熠熠生輝。隨着內地客商雲集湟源縣城，這種廣告招牌越來越多，越做越大，逐漸由單個"牌燈"演變成數量眾多的"排燈"，再後來就有了作為藝術品專門用於燈展的排燈，融入當地各民族及河湟谷地民俗文化。湟源排燈至今已有二百多年歷史，成為青海民族民間文化之靈，被正式列為中國國家級非物質文化遺產保護項目。

另外，作為香港旅遊發展局重點推介的香港梅窩水燈節及天燈節，頗具漁村風情。梅窩水燈節的重點節目包括放祈福水燈、燃放孔明燈、國際搖櫓比賽，以及粵劇表演、盤菜宴及金龍醒獅巡遊等一系列節慶活動。

雖然排燈節的一些慶祝方式隨着時間發生了改變，但其習俗和傳統沒有變。在日新月異、繁忙嘈雜的現代生活中，排燈節給人們提供了一個與家人和朋友一起歡笑、回憶及享受生活的機會。

開齋節

開齋節是阿拉伯語"爾德·菲圖爾"(Eid-ul-Fitr)的意譯,"爾德"(Eid)的意思是集合的日子,來自"阿達"(Aada)這個詞源,原意是返回,因為人們定期返回,參加穆斯林大眾的集會。開齋節規模盛大,禮儀隆重,相當於西方的聖誕節、中國的春節。開齋節與古爾邦節、聖紀節並稱為伊斯蘭教三大節日,在節日前夕,穆斯林都要從四面八方提前趕回家中。

一、開齋節起源

開齋節始於伊斯蘭教紀元第二年(公元 623 年)。據伊斯蘭教經典記載,伊斯蘭教初創時,聖人穆罕默德曾在伊斯蘭教曆十月一日齋月滿時進行沐浴,然後身着潔淨的服裝,率穆斯林步行到郊外曠野舉行禮拜,並散發"菲圖爾錢"(開齋捐)表示贖罪,這以後,齋月最後一天尋看新月,在看到新月的第二天開齋,約定俗成為"開齋節"。

這一天穆斯林們聚集在清真寺參加聚禮,聽伊瑪目宣講教義,跟親朋好友互送油香,共慶佳節。齋月結束,還未舉行節日會禮前,要按照家庭人口多少計算,捨散"菲圖爾"錢,不交"菲圖爾"錢,便失去了齋戒的完美性。

因伊斯蘭教曆是純陰曆,與公曆相對一般每三年提前一個月,所以按公曆來算,每年開齋節日期都會比上一年開齋節日期提前十一天左右。齋月的起止日期依新月出現的日期而定,因各地信仰的細節不同,入齋的時間不完全一樣，但封齋都要滿一個月是一致的。

二、開齋節習俗

每逢開齋節，世界各地穆斯林都從各方聚會在一起禮拜、祈禱，互相問候、關懷和表示友好，以虔敬的心情參加節日活動。根據各地的風俗習慣，慶祝形式不盡相同，有的請阿訇誦經祈禱，有的炸油香製美食互贈或款待親友，有的聚會聯歡等，但宗旨都相同，就是聆聽聖訓。

開齋節聖訓

根據聖訓教導，開齋節是伊斯蘭的節日，宗教性質的節日，必須以伊斯蘭的方式慶祝，主要的活動是禮拜和敬畏真主。每個穆斯林都要參加各種祈禱和禮拜活動，提高個人的品性和道德，指望真主的更多恩典，祈求真主恩賜兩世幸福。開齋節主題是時刻紀念真主和學習聖人穆罕默德。

開齋節那天不許守齋戒，也不許不停地吃喝。開齋節是穆斯林自我反省、自我更新、仁慈好施的日子，節日期間，穆斯林將自己富裕的財物施捨給其他需要幫助的人的同時，功課和職責也時刻不能放鬆。

聖訓規定，不允許把開齋節搞成庸俗化的日子。在節日進行下列七件事是可嘉行為：一、拂曉即吃食物，以示開齋；二、刷牙；三、沐浴；四、點香；五、穿潔美服裝；六、會禮前交“菲圖爾錢”（開齋捐）；七、低聲誦唸讚主詞。

開齋節過程

開齋節要過三天，最隆重、最要緊的是第一天。

拂曉開始，家家戶戶早早起來打掃清潔，清真寺被打掃得乾乾淨淨，有的還要懸掛慶祝開齋節的橫幅和彩燈，張貼讚頌真主的對聯。成年男子個個都要沐浴淨身，男女老少都要把臉洗乾淨，頭梳整齊，換上自己喜愛的美觀潔淨的民族服裝，儘早匯集到清真寺或出荒郊舉行會禮。當阿訇宣佈會禮開始，人們鋪下毯子和拜氈，脫下鞋子，自動跪成很整齊的行列，向聖地麥加古寺克爾白方向禮拜。會禮風雨無阻，其規模之龐大、形式之莊嚴、氣氛之隆重，令人驚歎。禮拜後，人們齊向阿訇道安，接着互道平安。整個會禮結束後，由阿訇帶領或各戶分散遊墳掃墓，為逝者祈禱，隨後串親訪友，恭賀節日。

開齋節食俗

節日中，家家戶戶都準備饊子、糖果、油香、茶、課課、花花、五香茶等富有特色的傳統食品，同時還要宰羊、雞、兔等，做涼粉、燴菜等，互送親友鄰居，互相拜節問候。

其中炸油香（油炸麵餅）是中國伊斯蘭教的獨特風俗，也是所有十二個節日的必做工作。這個風俗來源於一段傳奇故事：相傳，伊斯蘭教先知穆罕默德在一次戰鬥勝利後凱旋歸來，穆斯林們爭先恐後地邀請他到家做客，可穆罕默德沒有到富人家赴宴，卻到了一位非常貧困的穆斯林老人家做客，而老人也沒有美味佳餚招待穆罕默德聖人，只端出了油汪汪、香噴噴的"油香"讓其品嚐，穆罕默德高興的用右手撕了一塊吃，其餘的分給了圍觀的小孩。從此穆斯林形成吃油香時用右手撕開吃的習慣。

拜節

在節日裏，一般中年婦女在家待客。除了鄰居朋友相互拜節外，小輩要上門給長輩拜節，已婚和未婚女婿都要帶上禮品在節日的第一、二天去給岳父母拜節，拜節的時間要早，穆斯林認為，如果拜節遲了，會帶來一些不愉快的事。

其他活動習俗

開齋節期間，還會舉行叼羊、賽馬、射箭等活動。如阿富汗就曾在開齋節舉行叼羊活動以示慶祝。

隨着社會的發展，開齋節也增添了不少新內容，人們除了參加會禮外，還舉行一些娛樂活動，如耍獅子舞、踩高蹺、表演武術、摔跤、扳手腕、遊園等等。許多青年還在開齋節舉行婚禮，使節日更加熱鬧，更添節日氣氛。商家自然也不會放過節日商機，將商業活動與慶祝開齋節結合起來。如在 2004 年的開齋節，阿聯酋在首都阿布扎比舉辦展覽會，有二十八個國家和九百多個參展商展示了各種服裝、日用品等，吸引了不少遊客觀展。

三、世界各地的開齋節

有穆斯林的地方，就會有一年一度的開齋節，諸多以伊斯蘭教立國的中東阿拉伯國家自然不在話下。伊斯蘭世界的土耳其、印尼、馬來西亞、菲律賓等，以及在新加坡、日本、韓國等地和部分歐盟國家的穆斯林，每年也都嚴格按聖訓過開齋節。

馬來西亞開齋節

開齋節前夕，家家戶戶都會忙着大掃除，為家居重新佈置和擺設。開齋節期間，回教徒全家都會到市集去購買應節食品、傳統服飾。除了用花卉來裝飾家居外，也會添購新的家居飾品。在節日當天，回教徒都換上傳統的馬來西亞服飾應節。當天早上最重要的事，就是一家之主帶領家裏的男性成員到回教堂去祈禱。

開齋節期間，到親戚朋友、左鄰右舍的家中拜訪，藉此聯絡感情。晚輩都會向長輩祈求祝福，還有為過去一整年所做錯的事情，請求原諒。回教徒也會在家裏準備很多叫 Putu Piring 的馬來西亞傳統糕點，迎接親朋好友和鄰居的到來。有時，孩童會去敲回教家庭的門，進去討要祝福的綠色封套和享受糕點。

印尼開齋節

對以穆斯林為主要人口、以伊斯蘭為國教的印尼來說，開齋節是印尼最重要的節日。印尼的開齋節與中國的春節和西方的聖誕節相似，所有人在開齋節前都會爭取回到家中與家人團聚，休養生息。開齋節前幾天，伊斯蘭教堂往往人滿為患，感謝真主，並祈求下一年全家人平安幸福。家家戶戶在節前購買豐盛的節日食品，如烤魚、烤羊、炸雞、炸蝦，以及最常見的叫 Kupatan 的米糕，節日當天上街慶祝，之後一家吃團圓飯，一起聊天祈禱。第一天過後，大家便出門走親訪友，聯絡感情，年長的人給年幼的孩子紅包以示祝福。

如今，開齋錢和禮品成為印尼開齋節文化的一部分。開齋節期間，僱主要給僱員發開齋錢，數目不定；政府各個部門也人來人往，到處都是送開齋節禮品的人。這個習俗使得開齋節中的禮品似乎成了印尼人最大的樂趣，腐敗也就應運而生。

其他國家和地區的開齋節

新加坡開齋節前，芽籠士乃馬來文化村一帶有龐大的市集，擺賣食品、地毯、衣服、鞋帽、家居裝飾等各類貨品，洋溢濃濃的民族特色。開齋節當天，回教徒早上到回教堂禱告，然後走親訪友，或邀請一些非回教徒鄰居朋友來家裏參與節慶。對過去有得罪人的請求饒恕，而被別人得罪的，則寬恕別人。開齋節期間，主要商業街的路燈杆都掛上布幅，用珠寶燈裝飾，擺賣市場熱鬧非凡，每年都吸引不少世界各地的遊客前往觀光。

在菲律賓穆斯林的記憶中，每年的開齋節都是在戰爭中度過。2008 年，菲律賓國會決議穆斯林的開齋節定為每年全國法定的節日，日期由菲律賓伊斯蘭協會根據新月的出現決定。。

中國陝西、甘肅、青海、雲南等地的回民將開齋節視為最大的節日，因此稱之為"大爾德"（相對於"小爾德"宰牲節），但新疆維吾爾族及寧夏南部山區部分回族對這兩個節日的大、小稱謂相反，認為宰牲節是最大的節日，為大爾德，稱開齋節為小爾德。在新疆地區，開齋節穆斯林放假一天，非穆斯林照常上班。

香港開齋節當天，在香港的穆斯林會沐浴盛裝，來到香港維多利亞公園參加開齋節聚會，互道節日祝福。公園草坪上擠滿虔誠做禮拜的穆斯林民眾，香港的開齋節也一年比一年過得熱鬧和隆重。

四、伊斯蘭教的另外兩個重大節日

伊斯蘭教的三大重要節日，除了開齋節，還有聖紀節和古爾邦節。

聖紀節是慶祝伊斯蘭教先知穆罕默德誕辰的節日。據傳，穆罕默德誕生於公元 570 年希伯來曆的三月十二日。公元十世紀時，伊拉克國王穆孜菲爾・艾卜・賽義德下令在伊斯蘭教曆每年三月十二日慶祝聖誕。此後，慶祝活動逐漸擴展到其他伊斯蘭國家，延續至今。慶祝活動一般在清真寺舉行，由阿訇誦經、讚聖，講述穆罕默德的生平業績和懿行等，之後聚集在廣場上，互相交換禮物，並炸油香、熬肉粥，舉行豐盛的聚餐活動。

古爾邦節也叫宰牲節、忠孝節，在伊斯蘭教曆十二月十日舉行。當日穆斯林舉行會禮，宰牲獻主，是伊斯蘭教朝覲儀式之一。據傳說，古代先知易卜拉欣夢見真主安拉要他殺死愛子伊斯瑪儀進行祭獻，易卜拉欣父子來到尼納山谷執行"啟示"時，天使奉真主之命送來一隻綿羊作為伊斯瑪儀的替身，當天正是阿拉伯太陰曆的十二月十日。阿拉伯人為紀念易卜拉欣父子為安拉犧牲的精神，便在此日宰牲，並於遷徙第二年，由穆罕默德將此日定為古爾邦節。在全世界穆斯林眼裏，這是最重要的節日之一，是向伊斯蘭教和真主表示虔誠、絕對服從和願意作出一切犧牲的節日。節日當天除會禮、宰牲外，慶祝形式多種多樣，十分隆重。

端午是誰的

2005 年 11 月底，韓國江陵端午祭被世界教科文組織指定為世界級非物質文化遺產。消息一出，立刻在中國引起了軒然大波。很多人非常困惑端午節不是中國的傳統節日嗎？怎麼成了韓國的呢？

端午節是中國古老而重要的節日，傳承至今，以紀念屈原為主，民俗活動有吃粽子、賽龍舟等。韓國的江陵端午祭雖起源於中國的端午節，但在發展過程中變化很大，並不等於中國的端午節，它以祭祀典禮為主，還會舉行盛大的巫俗表演、假面舞和農樂表演，形成具有自己民族特色的端午文化。所以說，認為韓國搶了中國端午節，是一種誤解。

正是這種誤解，讓中國有了危機感，他們認識到傳統節日文化亟待保護，反而推動了中國申報端午節為自己的世界非物質文化遺產。2006 年 5 月，端午節被列入中國第一批國家級非遺保護名單。2008 年 10 月，湖北省代表中國向聯合國教科文組織遞交了端午節申遺的資料。

端午節申遺內容共由四個部分組成：湖北秭歸縣的屈原故里端午習俗，湖北黃石市的西塞神舟會，湖南汨羅市的汨羅江畔端午習俗和江蘇蘇州市的蘇州端午習俗，這三省四地綜合起來幾乎涵蓋了中國端午節習俗的所有活動。

2009 年 9 月 30 日，聯合國批准中國端午節入選 "世界人類非物質文化遺產代表作名錄"。中國端午節在世界 "註冊" 成功。但端午誰屬的爭議留給人們的反思和討論遠沒有結束。

人們發現，韓國對傳統節日文化的傳承與保護不遺餘力，江陵端午祭就較完整地保留了中國古代儒家的禮儀文化的精神和風範。而中國端午節的傳統民俗卻日益淡出現代人的生活視界，原本內涵豐富的習俗，似乎只剩下 "吃粽子" 了，端午節幾乎成了 "粽子節"。

端午誰屬之爭，讓中國開始重新認識節日文化，再次重視起寶貴的民間傳統文化。端午節不久被定為法定節日，更被視作復興傳統節日的一個重要信號。

只是，與傳統割裂已久，如何才能真正重建與復興端午節等傳統節日，如何保護和推廣傳統節日習俗，如何喚起現代人失落已久的對於祖先和傳統的敬意，傳統如何和現代生活融合？這才是有識之士真正感到憂心的地方。

情人節

情人節，又稱"瓦倫丁節"（Valenttine's Day），時間為每年的 2 月 14 日，是西方的傳統節日之一。在西方，情人節不但是表達情意的節日，也是向自己心愛的人求婚的好日子。

一、情人節起源

情人節起源於古代羅馬，現已成為各國青年人喜愛的節日。關於情人節的來源眾說紛紜，主要有以下幾個版本：

傳説一：紀念修士瓦倫丁

公元三世紀，羅馬帝國戰事連綿不斷，當時有位暴君叫克勞多斯，他為了使更多男人無所牽掛地走上戰場，不許人們舉行婚禮，已訂婚的也強令廢棄婚約。受人尊敬的修士瓦倫丁神父對此深表同情，他沒有遵照這個旨意，冒死為相愛的年輕人舉行教堂婚禮。事情被告發後，瓦倫丁神父被克勞多斯抓入大牢受盡折磨，最後在公元 270 年 2 月 14 日被送上絞架絞死。十四世紀以後，人們為紀念這位為有情人做主而犧牲的神父，將他奉為情侶的守護神，並把他殉難這一天定為瓦倫丁日（Saint Valentine），經過多年流傳，變為今天的情人節。

傳説二：紀念基督徒瓦倫丁

傳説瓦倫丁是最早的基督徒之一，那個時代做一名基督徒意味着危險和死亡。瓦倫丁冒險傳播基督教義，被捕入獄。在那裏他感動了老獄吏和老獄吏雙目失明的女兒，得到了他們悉心照料。瓦倫丁臨刑前給姑娘寫了一封情意綿綿的告別信，落款是：From your Valentine（寄自你的瓦倫丁）。盲女在拆信的時候，一朵番紅花從信中掉落，這一刻，盲女的眼睛重見光明。在他被處死的當天，盲女在他墓前種了一棵開紅花的杏樹，以寄託自己的情思，這一天就是 2 月 14 日。自此以後，基督教便把 2 月 14 日定為情人節。

傳説三：源自對約娜的尊敬

約娜是羅馬眾神的皇后、婦女和婚姻之神。在古羅馬時期，2 月 14 日是為表示對約娜的尊敬而設的節日，接下來的 2 月 15 日則被稱為"盧帕撒拉節"，是用來對約娜治下的其他眾神表示尊敬的節日。

在古羅馬，年輕男女的生活是被嚴格分開的。然而，在盧帕撒拉節，小伙子們可以選擇將一個自己心愛的姑娘的名字刻在花瓶上。這樣，過節的時候，小伙子就可以與自己選擇的姑娘一起跳舞，慶祝節日。如果被選中的姑娘也對小伙子有意的話，他們便可一直配對，墜入愛河，直至結婚。後人為此將每年的 2 月 14 日定為情人節。

傳説四：來源於古羅馬的牧神節(Lupercalia Festival)

兩千多年前，每年二月中，羅馬人會舉行盛大的典禮來慶祝牧神節，以表達對即將來臨的春天的慶祝和對古羅馬畜牧神盧波庫斯（Lupercus）的慶祝。牧神節最經典的活動是類似摸彩的活動：年輕女子的名字被放置於一個盒子內，年輕男子上前抽取。抽中的一對男女互相交換禮物，成為情人，時間是一年或更長。

牧神節的習俗隨羅馬勢力的擴張被帶到了現在的法國和英國等地。基督教的興起使人們紀念眾神的習俗逐漸淡漠，但這個節日受到青年人的偏愛，於是，公元七世紀，為將牧神節基督教化，教士們將牧神節改成瓦倫丁節（Valentine's Day），定於 2 月 14 日，這樣，關於瓦倫丁的傳說和節日被自然地結合在一起。中世紀時，這種情人節的"瓦倫丁盒子"活動在英法宮廷大為盛行。

縱觀各種傳說，無論是丘比特之箭，還是月桂樹、瓦倫丁盒子等，都可以發現有着鮮明的古羅馬神話的印跡，只是隨着基督教的發展和需要，這個源於古代的信仰以基督教的聖人"瓦倫丁"來命名，成了現時風行世界的"瓦倫丁節"。

二、情人節習俗

不論情人節的由來如何，它始終是一個代表愛的節日。

在情人節，青年人是主角。情人節的特色就是情侶們約會、互贈禮物，小伙子給喜愛的姑娘送鮮花和賀卡，女孩子給心上人送巧克力，以此表達愛意。隨着社會的發展和人們認知的提高，情人節禮物也變得多樣化起來。情人節這天，商家往往會在街頭櫥窗擺出巨大的二月份日曆，標出 14 日這一天，並陳列巧克力、燭台、項鏈墜等心形的精美禮品，提醒人們這一天不要忘記買禮物。中西方因為文化不同，節日特色略有不同，但節日習俗大致是一樣的。

情人節標誌

愛神丘比特：丘比特的箭標誌着愛的慾望和情感，被他的箭射穿了心的神靈和凡人，毫無例外地都會墜入情網，因此，可愛的天使丘比特成了情人節的象徵圖案。

被箭射中的心：心是情人節最重要的標誌之一。古人認為心臟是情感的發源地，心是愛的象徵。如同丘比特一樣，情人節裏禮品的包裝、圖案，幾乎都離不開心形，幾乎所有的情人卡都貼有紅心。情裏人節的糖果、糕點也通常製成心形，巧克力往往也是裝在心形的盒子裏送給情人。

約會

情人節的約會通常代表了情侶關係的發展關鍵。情侶們在情人節那一天必定約會，兩人共享節日，如：

找個清靜的地方吃燭光晚餐，一起參加浪漫的化妝舞會，一起參加健身活動、遊覽公園、看展覽、聽音樂會、看電影等等。

情人節禮物

情人卡：第一張真正意義上的情人卡也是出自監獄。在阿根科特戰役中，法國年輕的奧爾良大公查爾斯被英軍俘虜並關在倫敦塔裏多年。1415 年查爾斯給妻子發送了一張寫了情詩的卡片，之後又給妻子寫了很多情詩，大約六十首保存至今。

鮮花：情人節送禮是為了表達愛慕，這時浪漫比實用更重要。而鮮花，自然是最浪漫的禮物了。花是愛的象徵，雛菊表示"我想你"，桃花表示美和愛，紫色的花表示"你已成為我感情上的俘虜"，玫瑰代表的是熾熱的感情。人們最喜歡送也最不容易出錯的自然還是玫瑰。

據說，用鮮花作情人節的信物始於法國。法國國王亨利四世的一個女兒在情人節舉行了一個盛大的晚會，所有女士從選中自己做瓦倫丁"情人"的男士那裏獲得一束鮮花。從此情人節送花的習俗便延續了下來。

巧克力：情人節的巧克力也是不可或缺的，這是男方所期待的禮物。巧克力本身表示華貴和愛慕，自誕生以來就與情愛有着千絲萬縷的聯繫。它香甜適口，回味悠長，且據說巧克力的成分之一苯基胺能引起人體內荷爾蒙的變化，跟人在熱戀中很相似。

香水：被譽為嗅覺盛宴的香水也是很受歡迎的情人節禮物，它浪漫溫馨，使人迷醉。不過最好是選擇對方喜歡的品牌和香型。

礼物新種類：首飾珠寶、紫貝殼等。

二十世紀八十年代，美國鑽石商針對情人節做首飾的促銷活動，成功地使情人節的禮物類型多了首飾珠寶這一類。

在澳大利亞、韓國、港台等地，一些影視作品和文學作品將紫貝殼演繹出"你是我的另一半"的浪漫傳說，使得天然紫貝殼成為情人節的主題。中國古代用以表達浪漫愛情的梳子和紙扇、水晶，以及唱情歌示愛等等，也成為了情人節禮物中的新寵。

單身人的情人節習俗

在西方，據說情人節起牀後，單身人看到的第一個人是獨行，那麼當年就會獨身；如果看到兩個或更多的人同行，那麼當年肯定會覺得有情人。如果看到一隻公雞和一隻母雞（或一對鴿子和一對麻雀），那麼會在聖誕節以前結婚。因此，對於單身的人來說，情人節是個需要謹慎小心的日子。

三、世界各地的情人節

情人節從歐洲流傳到世界各地，並迅速得到青年人的喜愛。延續着古老的習俗，世界各地的人們在 2 月 14 日以各種方式表達着自己的愛意。

英國情人節

在英國，從十七世紀起，情人節活動就一直大為盛行。鮮花和巧克力是最受歡迎的情人節禮物，也有三分之一男士和四分之一女士都會選擇在情人節送卡片給當日遇上的朋友以表心意。據統計,每年英國女子在情人節期間總共會收到超過八百萬張的愛心卡。另外,英國還是歐洲最大的網上約會市場。

美國情人節

隨着新大陸的開發,英國移民在十八世紀把這一富有浪漫色彩的節日帶到了北美。情人節風俗一傳入美國,便大受歡迎,很快流行開來。美國人甚至將情人節傳播到了世界上幾乎每一個國家,使得情人節成為一個世界性的節日。

美國科羅拉多州有個叫 Loveland(有情人居所)的小城鎮,在一位名叫特德・湯普森的人的推動下,成為全美乃至全球情人節的中心,被稱為"愛神總部"。每逢情人節,各地的信件雪片般地飛向該地。

如今在美國,瓦倫丁節已不僅僅是青年人的節日,親人朋友之間都可以互送小禮品以表達感情增進友誼。不少商店專門出售這類禮品,如裝飾成心形的巧克力糖、或者繫着緞帶的紅玫瑰和鬱金香花束。至於各式各樣的情人卡,更是比比皆是。

澳大利亞情人節

由於澳大利亞十八世紀淘金時代遺留的傳統,澳大利亞人的情人節往往非常奢華,豪華遊船、熱氣球,都是情人們喜愛的方式。不過,作為情人節送紫貝殼的發源地,相比奢華,他們同樣注重浪漫。據調查表明,澳大利亞男人比女人更浪漫,澳大利亞女人則大膽奔放,她們會將自己最喜愛的內衣送給男友作禮物。

中國情人節

在中國，西方的情人節早已悄悄滲透到無數青年人的心中，目前年輕人對該節日的重視程度已經可以與春節、中秋節相比。在中國香港，由於受英國等西方國家的影響，慶祝情人節已有多年歷史，習俗也與西方國家相近，情人節期間，男女會互贈禮物，並且會到餐廳享用燭光晚餐。同時，被稱為中國情人節的七夕節和元宵節的影響力也逐年增強。

日本情人節

在日本，除了 2 月 14 日情人節之外，還有一個情人節，那便是一個月之後的 3 月 14 日，即"白色情人節"。據說這是日本人禮尚往來的傳統習慣使然，情人節接到禮物的人在白色情人節這天以相應的禮物回贈對方，以示謝意。或許理由更簡單一些：商家就是要人們多買禮物再賺上一筆。

愛情是個永恆的話題。商家的炒作固然是一大原因，人們對愛情的憧憬和信仰，更是推進情人節延續和發展的動力。

四、延伸的情人節及經典情人

情人節影響深遠，不但歷史上傳說的經典情人耳熟能詳，文學作品中也湧現了不少著名情侶，以"情人節"命名的同名影視作品、歌曲等更是數不勝數。由於對情人節的異常鍾愛，人們甚至將一年一度的瓦倫丁節延伸到一年十二個情人節。

延伸的情人節

大概是人們永遠覺得愛不夠，所以在瓦倫丁節的基礎上，將每年其他十一個月的 14 日也發展成為名稱不同的情人節，按月份依次為：日記情人節、瓦倫丁節、白色情人節、黑色情人節、黃色與玫瑰情人節、親吻情人節、銀色情人節、綠色情人節、音樂情人節與相片情人節、葡萄酒情人節、橙色情人節與電影情人節、擁抱情人節。

經典情人

西方經典情人：特里斯丹和綺瑟、羅密歐和朱麗葉。

特里斯丹和綺瑟

歐洲中世紀的傳奇故事。年輕的特里斯丹冒險到愛爾蘭為他的叔父康威爾國王馬克向公主綺瑟求婚，在完成使命回國途中，兩人無意中喝下愛情藥酒，同墜情網，但特里斯丹仍對國王保持忠誠。馬克國王發現他們的姦情並決心懲罰他們，特里斯丹在被押赴火刑椿的途中逃脫，隨後又救出綺瑟，雙雙逃出，但又被馬克發現，特里斯丹不得已另娶他人為名義上的妻子。後來特里斯丹中毒而死，惟一能救他的綺瑟卻晚來一步，於是抱着特里斯丹死去。他們死後，墳地上長出兩棵大樹，枝葉連理，誰也無法將他們分開。

羅密歐和朱麗葉

莎士比亞的著名悲劇《羅密歐和朱麗葉》取材於勃羅克根據意大利故事寫成的敍事長詩《羅密歐和朱麗葉

的哀史》，描述了生於兩個敵對家庭羅密歐和朱麗葉之間的愛情悲劇，朱麗葉為逃避一場婚姻喝下勞倫斯神父的藥劑假死，羅密歐卻以為朱麗葉真的死了，便在她的牀前服毒身亡。蘇醒後的朱麗葉見狀，也抓起愛人的匕首自殺了。兩個人最終的殉情，使他們成為歐洲文學中一對不朽的情人。

東方經典情人——梁山伯和祝英台

梁祝是中國流傳千年的愛情故事。傳説東晉時期，浙江大戶之女祝英台，美麗聰穎。她女扮男裝去杭州求學，途中邂逅了貧窮書生梁山伯，兩人一見如故，並同在萬松書院拜師入學，從此同窗共讀三年，形影不離，情誼頗深。後來祝英台的父親以生病為由，急催英台歸家，二人只得分手暫別，並約定山伯上門提親。可是等山伯去祝家求婚時，祝父已將英台許配給太守之子馬文才。梁山伯憂鬱成疾，不久身亡。祝英台聽聞山伯噩耗，便在出嫁時繞道去他墓前祭奠，乘人不備躍入墳中。傳説梁祝二人從此化為蝴蝶，兩兩相依，長相廝守。

梁祝化蝶的淒美愛情傳説在中國影響非常深遠，通過各種形式和版本的一再演繹，衍生出許多有關梁祝愛情的文學、音樂和影視經典。

現在，情人節已不僅是青年人的節日，還是人們向家人和朋友表達愛心的特別日子。無論是瓦倫丁節還是由此延伸出來的其他情人節，無論是東方的情人節還是西方的情人節，都是一個普天之下充滿着愛情和友誼的歡樂節日，都寄託着人們對美好愛情的追求與嚮往，在這一點上，各式各樣的情人節也算是殊途同歸吧。

奔牛節

　　奔牛是西班牙的國粹，它不僅需要高超的技藝，更代表了西班牙的民族精神。因此，震撼火爆的潘普洛納奔牛節（San Fermin），當之無愧地成為西班牙三大重要節慶之一（另外兩個節日是塞維利亞的春慶 Feriade Abril 和聖荷西的法亞火節 Las Fallas）。

一、奔牛節起源

　　奔牛節於每年的 7 月 6 日至 14 日在西班牙東北部富裕的納瓦拉省省會潘普洛納市舉行。這個節日原本是個純粹的宗教日，1187 年為了紀念潘普洛納城的守護神——聖徒聖·費爾明（San Fermin）而設，最早定在 10 月 10 日。

　　奔牛活動的產生與西班牙的鬥牛傳統緊密相關。西班牙早在十四五世紀時便有鬥牛活動，需要將六頭高大的公牛從城郊的牛棚趕進城裏的鬥牛場。一直以來，趕牛入場是件非常困難的事情，有旁觀者便突發奇想，斗膽跑到公牛前，將牛激怒，誘使其衝入鬥牛場。這個方法被採用並演變成了"奔牛"儀式。

　　隨着時間的推移，聖·費爾明節逐漸成為紀念聖徒聖·費爾明的宗教儀式、商業性節慶活動以及奔牛節的混合節日。1591 年，潘普洛納市政府宣佈"奔牛"成為"聖·費爾明節"的正式組成部分，"聖·費爾明節"和"奔牛節"合二為一，奔牛節因此而得名。

二、奔牛節習俗

如今，奔牛節的宗教意義已逐漸淡化。在長達九天的節日期間，除了奔牛相關活動，還有各種各樣的民間音樂、舞蹈、酒會等慶典活動，這些活動兼顧不同年齡、人群的興趣，如適合兒童的嬉戲娛樂活動、適合青少年趣味的月光舞會、適合中老年人的節目，同時還有專門為身有殘疾不能在舞台活躍的人而安排的活動。白天人們興趣盎然地參加奔牛節的活動，享受被牛追逐的刺激感受，晚上則通宵達旦地盡情享樂，激情洋溢，舉城歡騰。

當然啦，不變的主旋律還是"牛"。標準的節日裝扮、充分的準備工作之後，就可以盡情參與清晨奔牛、中午觀看耍牛、晚上鬥牛的激情項目。奔牛節習俗主要有：

節日飲食

節日期間，人們吃得很簡單，一般是西班牙風味點心、酒、飲料。賽維亞小菜 tapas 和 Sangria（西班牙消暑雞尾酒）最受歡迎。

參與者及着裝

過去的奔牛節禁止女士參加，隨着"奔牛節"的不斷發展，1964 年首度出現女奔牛者。節日期間，所有參加奔牛活動的人都一色的白色衣褲和運動鞋，脖子上圍一條紅領巾，腰繫一條紅腰帶，這樣既顯得精神抖擻，又可讓紅色隨身體的晃動吸引公牛的眼球，刺激公牛前來追逐。

準備工作和活動口訣

奔牛活動異常驚險，容易出現很多意外狀況，特別需要注意安全問題。因此，做好準備工作、掌握活動口訣必不可少。

準備工作：看地形、找逃路、測體力、防滑鞋。

看地形：提前一天到奔牛地查看地形，熟悉環境。

找逃路：牛剛出欄時，身體要時刻處在牛的側面，避其鋒芒；尤其要觀望兩邊的柵欄，找好逃生之路。

測體力：奔牛活動大約持續半小時，要根據自身體力參加活動，不必硬撐到底。

防滑鞋：石板街路面很滑，穿上防滑鞋增強鞋子與地面的摩擦力，能有效減少滑倒。

活動口訣四個字：跑、看、趴、躲。

跑：奔牛時千萬不要半途停下來，那樣不僅自己會被牛撞倒，也會危及他人。

看：看準牛奔跑的方向，千萬別在牛角前晃悠，阻擋牠的奔跑路線，否則尖尖的牛角可不留情。

趴：如果摔倒了，就趴在地上，不要試圖爬起來，因為站起來反而更容易被鋒利的牛角刺到身體要害。

躲：情形不妙時要躲得越快越好、越遠越好，有危險時往兩邊的柵欄上一騎，牛兒便不再與你計較。

奔牛節重頭戲

奔牛：節日期間每天清晨八點，奔牛活動在市政府大樓附近一條狹長的小胡同舉行，全程 787 米。奔牛開始的時候，重達 500 公斤的大壯牛從牛棚裏衝出來，4 分鐘內就能達到時速 24 公里，成千上萬來自西班牙及全球各地的奔牛愛好者擠滿不到一公里長的街道，不論是當地人還是觀光客，全都冒着被牛撞擊、踩踏的危險，在牛群前熱情地奔跑，所有公牛都被引入市中心的卡斯蒂利亞鬥牛場後，奔牛活動才被認為大功告成。

耍牛：耍牛是中午時分的節目，在卡斯蒂利亞鬥牛場進行。之前被引入鬥牛場的鬥牛，牛角被纏上保護用的白布後，在身穿白衣、持白手帕、繫紅色的領巾和腰帶的鬥牛士的逗弄下橫衝直闖，鬥牛士則騰挪躲閃，與牛鬥智鬥勇，扣人心弦，十分好看。

鬥牛：傍晚時分，一天中最慘烈、最具刺激也是最傳統的項目——鬥牛開始上演。鬥牛士舞動着上下翻飛的紅色斗篷，不斷地挑逗、激怒、刺傷兇悍的公牛，讓因疼痛而憤怒的公牛最終發狂，那樣鮮血才能噴得更高、更遠。最後，往往是訓練有素的鬥牛士一劍刺入公牛的心臟，節日達到高潮。

奔牛節活動規模盛大、險象環生、高潮迭起，因此被稱為"舉世無雙的節日"。其獨特的魅力使得參加節日的人源源不斷。據估計，近年來，每年有超過 150 萬人從世界各地前來參加奔牛節。

三、作家筆下的奔牛節

1923 年，美國著名作家海明威首次來到潘普洛納觀看奔牛，並寫成了著名小說《太陽照常升起》，他在小說中將奔牛活動描繪得極為傳神，使得奔牛節聲名遠播，從一個小城的內部狂歡節日，逐漸成為一個世界知名節日。1954 年海明威獲得諾貝爾文學獎後，西班牙奔牛節更是名聲大噪。

小說的第 15 章詳細描寫了奔牛節活動的瘋狂、刺激與驚險："……焰火呼的一聲爆炸把我驚醒，這是城郊牛欄釋放牛群的信號。牛群要奔馳着穿過街道到鬥牛場去。……從陽台上看到下面窄小的街道空蕩蕩的，所有的陽台都擠滿了人。突然，從街頭湧過來一群人，……他們經過旅館門前，順着小街向鬥牛場跑去，後面跟着一夥人，跑得更急，隨後有幾個掉隊的在拚命地跑。人群過後有一小段間隙，接着就是四蹄騰空、上下晃動腦袋的牛群了。牠們的身影消失在拐角的地方。有個人摔倒在地，滾進溝裏，一動不動地躺着。但是牛群沒有理會，只顧往前跑去。"海明威將整個活動描述得極為詳盡，包括奔牛活動的結尾："牛群看不見了，鬥牛場那邊傳來一陣狂叫聲。叫聲經久不息。最後有顆焰火彈啪的爆炸，説明牛群在鬥牛場已經闖過人群，進入牛欄。"

同樣是第 15 章，小説描寫沉浸在歡樂海洋裏的這個城市，節日之初"人們從周圍的鄉村絡繹不絕地到來"，人們的歡慶活動一波接着一波："……不等侍者把酒送來，一枚焰火在廣場上騰空而起，宣告節慶活動開始……人們從四面八方湧向廣場，街上響起吹奏

簧管、橫笛和擊鼓的聲音。……他們在吹奏這裏的民間舞曲，笛聲尖利，鼓聲陣陣，大人小孩跟在他們後面邊走邊舞。""節慶活動正式開始了，它將晝夜不停地持續 7 天。盡情舞蹈、盡情飲酒，喧鬧非凡，無片刻寧安。"

而當狂歡進入高潮，小說中的主人公在人群中擠都擠不出去，"只好隨着整個人流像冰川一樣緩慢地向城裏移動。狂歡活動在繼續。鼓聲咚咚，笛聲尖利，一夥夥起舞的人群隨處衝破人流，各佔一方。跳舞的人被人群團團圍住，因此看不見他們那叫人眼花繚亂的複雜舞步。你只見他們的腦袋和肩膀在上上下下不停地閃現。"

對狂歡活動中聞名於世的吉普賽人弗拉明戈舞，小說中也着墨不少："我們面前有群男孩子在街上一塊沒人的地方跳舞，舞步錯綜複雜，臉色全神貫注。他們跳的時候，都望着地面。繩底鞋在路面上踢躂作響。足尖相碰。腳跟相碰。拇趾球相碰。樂聲戛然而止，這套舞步跟着結束，他們沿着大街翩翩遠去。"

四、世界各地的奔牛節

人們追求驚險刺激的本性，使得奔牛活動在世界其他國家和地區也時常得見。從西班牙的鄰國葡萄牙、法國，到南美的墨西哥、哥倫比亞，奔牛活動都有較長歷史，且都具有一定規模。

葡萄牙奔牛節

葡萄牙的奔牛活動與西班牙同出一轍，雖然名氣沒有西班牙奔牛節響亮，但習俗和熱烈的氛圍極其相似。活動期間人山人海，在公牛前被瘋狂地追逐、對公牛極盡的挑逗，令人血脈賁張；盡情舞蹈、徹夜豪飲狂歡，往往讓旅遊者沉醉不已。

法國奔牛節

法國南部和西班牙交接，受潘普洛納奔牛節影響，奔牛風俗也相當盛行。比如德朗省巴斯克地區的奔牛節習俗，就幾乎和潘普洛納完全一樣。法國加爾省尼姆市的奔牛節雖然也受西班牙風俗影響很深，但組織者採取了不少安全措施，比如用布將牛角纏裹、設置柵欄隔開遊客區與奔牛區、參與活動者只能跟在牛後面奔跑等，安全性高得多，也因此，被戲稱為"趕牛"而不是"奔牛"。

墨西哥奔牛節

15世紀以來，隨着西班牙和葡萄牙在南美殖民地的擴張，奔牛活動漸漸在南美等地風行開來。墨西哥奔牛節是西班牙奔牛節的分支和延續，在墨西哥特拉斯卡拉州舉行。自1953年首次舉辦以來，已有半個世紀之久。墨西哥奔牛節的規模和對旅遊者的吸引力僅次於西班牙潘普洛納奔牛節，一直是墨西哥當地旅遊業的亮點。

哥倫比亞奔牛節

和墨西哥一樣，哥倫比亞也曾是西班牙殖民地，其奔牛節也源自西班牙。哥倫比亞克雷省的奔牛節以其危險性大而揚名海內外。哥倫比亞的奔牛活動一般在露天舉行，活動期間觀者成千上萬。每年約有 20 人命喪公牛角下，但人們對這項活動仍樂此不疲。

五、奔牛節引發的批評和思考

奔牛節被人們稱為瘋狂而殘忍的遊戲，素以不人道而著稱。每年的奔牛節期間都會有許多人受傷，傷重而喪命的人也不在少數。奔牛活動及鬥牛活動中對牛的虐待，更是激起動物保護主義者對這項活動的抗議和仇視。每年奔牛節的前一天，來自全球的動物保護主義者都會齊聚西班牙，以裸奔等各種方式表示強烈抗議，並呼籲廢除殘忍的奔牛節活動。

只是，多年來，奔牛和鬥牛活動在西班牙人的社會生活中已經佔據着重要的位置，對他們而言，這項運動具有遠比公牛的當眾戲弄和屠殺之外更深層的意義。

西班牙人認為越危險的活動越能展現個人的勇氣和能力，奔牛和鬥牛是"勇敢者的遊戲"，是一次展示智慧、膽識、技巧和意志的機會，對於將榮譽視作超過生命的西班牙人來說，贏得危險的奔牛活動的勝利是一種至高無上的榮譽，"鬥牛士"也是"勇敢者"的代名詞。而對藝術家們來說，奔牛和鬥牛是一種藝術，激發了他們的靈感。

更重要的是，長久以來，血腥刺激的奔牛節對外國遊客有着難以抗拒的魔力，像法國尼姆市那樣的安全奔牛節反而不那麼受人青睞。奔牛節活動為潘普洛納市帶來巨額的旅遊收入，已發展成為西班牙的經濟支柱之一。觀眾是上帝，拳擊賽中的大活人打得頭破血流何嘗又人道，尚且不能停止，何況圈養的幾頭蠻牛呢？

聖誕節

一、聖誕節由來

每年的 12 月 25 日，是基督教徒紀念耶穌誕生的日子，稱為聖誕節（Christmas），又名耶誕節。這是西方國家一年中最隆重的節日，在這一天，全世界所有的基督教會都舉行盛大的歡慶活動。

"聖誕節"這個名稱是"基督彌撒"的縮字，彌撒是教會的一種禮拜儀式，聖誕節也就是基督教望彌撒，紀念耶穌出世的宗教節日。關於耶穌的誕生，有一個傳奇的故事。

據基督教徒的聖書《聖經》記載，上帝決定讓他的獨生子耶穌基督找個母親投生人間，在人間生活，以便人們能更好地瞭解上帝，更好地相互熱愛，於是耶穌投胎於童女馬利亞。馬利亞已和木匠約瑟訂了婚，約瑟發現馬利亞未婚先孕，極為惱怒，便想和馬利亞分手。他正在考慮之時，上帝的天使出現在他的夢中，對他說，"不要猶豫了，把馬利亞娶回家。她懷的孩子來自聖靈。她將生下個男孩子，你們給孩子起名叫耶穌，因為他將從罪惡中拯救人們。"約瑟見是上帝的旨意，就打消了分手的念頭。

當馬利亞快要臨盆的時候，當時的羅馬政府下了命令，全部人民務必到伯利恆去申報戶籍，約瑟和馬利亞只好遵命。他們到達伯利恆時，天色已晚，兩人未能找到旅館住宿，只有一個馬棚可以暫住。就在這時，耶穌要出生了！於是馬利亞唯有在馬槽上生下耶穌。後人為紀念耶穌的誕生，便將這一天定為聖誕節。

其實，基督教會一開始並沒有聖誕節，聖誕節是在耶穌升天後百餘年才出現的。由於聖經未明記耶穌生於何時，故各地聖誕節日期各異。最初，羅馬帝國東部各教會將 1 月 6 日定為紀念耶穌降生和受洗的雙重節日，稱為"主顯節"，亦稱"顯現節"，即上帝通過耶穌向世人顯示自己。後來，歷史學家們在羅馬基督徒習用的日曆中發現公元 354 年 12 月 25 日頁內記錄着："基督降生在猶大的伯利恆。"於是，公元 440 年，羅馬教廷將 12 月 25 日定為聖誕節。公元 1607 年，世界各地教會領袖在伯利恆聚會，進一步予以確定，從此世界大多數的基督徒均以 12 月 25 日為聖誕節。

二、聖誕節習俗

聖誕節最開始時的主要活動都與紀念耶穌降生有關，後來宗教的意味逐漸減弱，聖誕節慢慢演變成單純的歡慶活動。聖誕老人、聖誕樹、聖誕頌歌、聖誕卡、聖誕帽、聖誕襪、火雞、冬青、槲寄生等等，都是人們熟悉的聖誕符號及活動，其中，最家喻戶曉和必不可少的元素當數聖誕大餐、聖誕老人和聖誕樹了。

聖誕大餐

聖誕節是西方國家家庭聚會的大喜日子，在聖誕節的前夕，也就是平安夜，全家人圍坐在聖誕樹下，共進聖誕大餐。

　　傳統的聖誕大餐，在最早的時候流行吃烤豬、火腿，後來是火雞、三文魚。火雞是感恩節和聖誕節的傳統食品，在西方人眼裏，沒有烤火雞的晚宴就算不上真正的聖誕晚餐。除了吃肉，聖誕大餐還得有紅酒。聖誕大餐的另一部分是甜點，如餅乾、蛋糕等。這類食品一般在聖誕節前夕就開始準備了，一家人坐在一起製作，孩子們也最愛參與這類他們覺得有趣的事，因為聖誕糕點可以按照他們喜愛的形狀和味道來做。

　　晚餐之後，人們還要開聖誕舞會，上禮拜堂報告佳音，並為唱詩班預備好糖果點心等，歡慶活動一直持續到午夜。

聖誕老人

　　身穿紅外衣，頭戴紅帽子，有着白鬍子和白眉毛的聖誕老人是聖誕節活動中最受孩子歡迎的人物。在每個平安夜裏，聖誕老人會駕着馴鹿，雪橇滿載着禮物，悄悄地從煙囪爬進屋內，將禮物塞在小朋友們掛在牀頭的襪子裏，給他們送來祝福與希望。

　　相傳聖誕老人是北歐神話中司智慧、藝術、詩詞、戰爭的奧丁神後裔，每當寒冬時節，他便騎上八腳馬坐騎馳騁於天涯海角，懲惡揚善，分發禮物。不過最廣為接受的說法則認為聖誕老人原指公元 4 世紀時小

亞細亞專區的主教尼古拉。他一生當中做了很多善事，他最喜歡在暗中幫助窮人，聖誕老人是他後來的別號。尼古拉的故事傳到美國之後，美國商人以特殊的行銷手法大張旗鼓地宣傳廣告，其他各國也群起效尤。因此裝扮聖誕老人來慶祝聖誕節的風俗習慣就漸漸地流行到世界各國了。

其實，平安夜的禮物，都是家長們偷偷送給孩子的，只是，對於孩子們來說，等待了一年的願望終於可以在聖誕節實現，他們自然是萬分相信和期待萬能的聖誕老人。每年接近聖誕節，總會有小孩子寄信給聖誕老人，告訴他自己的願望，而在某些國家的郵局，為了不讓孩子們失望，更會有專人回覆這些信件。

聖誕樹

聖誕樹一般是由杉樹、柏樹、樅樹或洋松一類呈塔形的常青樹裝飾而成，上面懸掛着五顏六色的彩燈、禮物和紙花，還點燃着聖誕蠟燭，它是聖誕節期間必不可少的裝飾品。

聖誕樹也有悠久的歷史。據稱，早在公元 8 世紀時，德國傳教士尼古斯已開始用樅樹供奉聖嬰。到 16 世紀，宗教改革者馬丁‧路德，把燭點燃放在樹林中的樅樹枝上，使它看起來像是在引導人們通過星光找到耶穌。19 世紀，聖誕樹傳到了英國，維多利亞女王的丈夫、德國皇子艾伯特將聖誕樹飾以蠟燭、糖果和花色糕點，自此，用絲帶和紙鏈吊掛在樹枝上的維多利亞式聖誕樹開始盛行。

隨着聖誕樹的廣為流行，每年聖誕節消耗的聖誕樹都不計其數，僅美國的需求就差不多四千萬棵，歐洲的需求量大約為六千萬棵以上。儘管為了製作聖誕樹需砍伐如此多的樹木而遭到許多環保人士的詬病，但是聖誕樹的使用仍舊有增無減。只是，這個問題也引起了人們的關注，有不少人開始選擇使用人造的常青樹來代替原木，而且，在聖誕節過後，有些政府部門指派專人對家家戶戶的聖誕樹進行免費回收再利用。

三、世界各地的聖誕節

聖誕節自確立之日起，隨着基督教的廣泛傳播，早已風靡西方各個信奉基督教的國家，成為廣大基督教徒與非基督徒群眾的共同節日。在全球聯繫日益緊密的情況下，聖誕節也穿山越海，散佈到世界各地，被不同地區、不同宗教、不同民族和不同文化的人們所接受，被賦予了具有當地民族和文化色彩的含義，成為了一個名副其實的世界節日。

歐洲的聖誕節

作為古羅馬的後裔，意大利人的聖誕節既保留了許多祖先遺留下的習俗，又糅合了很多現代的元素。每一個意大利家庭，幾乎都放有耶穌誕生故事的模型景物。在聖誕前夕，一家人團聚吃大餐，到午夜時參加聖誕彌撒。完畢之後，便去訪問親友，只有小孩和年老的人能得到禮物。

此外，聖誕節時，孩子們要作文或撰詩歌，表示感謝父母在一年來給他們的教養。他們把作品先暗藏在餐巾裏、碟子的下面或是桌布裏，父母則裝作看不見。吃完大餐之後，孩子們才把它取出來，向父母朗讀。

在英國，聖誕拉炮是慶祝聖誕節不可或缺的，而聖誕童話鬧劇更是風行於年輕的家庭中。聖誕樹對於英國人還有着更深遠的意義，1947年開始，挪威首都奧斯陸每年都會贈送一棵雲杉樹給英國人民，以表達對英國在二戰時支援挪威的感激之情。英國最知名的聖誕樹是立於倫敦特拉法加廣場的聖誕樹，它也是象徵着英國和挪威人民之間友誼的常青樹。

在法國，馬槽是最富有特色的聖誕標誌，因為相傳耶穌是誕生在馬槽旁的，所以街道到處都可見擺着的馬槽。在平安夜，生性浪漫的法國人大唱讚頌耶穌的聖誕歌之後，喝着法國傳統的聖誕美酒——香檳和白蘭地，載歌載舞，醉度聖誕。更奇妙的是，在法國中部的色日爾斯地區，每年聖誕節前後幾天總是會降幾場大雪，白雪皚皚，滿眼清新。

在前蘇聯，聖誕夜要準備包含12道菜餚的"神聖晚餐"，每一道菜都是為了紀念耶穌的門徒而設的。在波蘭，聖誕夜是齋戒的第一天，晚飯很豐富，但不能吃肉。在吃飯時桌布下邊還要放一些草，以示耶穌的降生。

美洲的聖誕節

在美國，雖然傳統的聖誕大餐都是以烤火雞或火腿為主，但像玉米粉蒸肉、紅球甘藍烤鵝肉、小龍蝦什錦飯、烤豬肉和七魚海鮮沙拉等具有地方特色的美食，在餐桌上佔據的分量也越來越重。

美國的聖誕節習俗處處都呈現出自由化和多元化。在美國西南部，聖誕前夜要點燃聖誕燈——這是一種用裝有沙土的牛皮紙袋製作的蠟燭燈籠。在墨西哥裔美國人聚居的地區則要舉行波薩達斯巡遊,重演馬利亞和約瑟在伯利恆尋找棲身之處的一幕。瑞典裔美國人每年都要舉辦聖盧西亞節,波多黎各則有樂隊節,親朋好友們走家串戶唱民歌,用音樂將人從夢中喚醒,贈以"驚喜"。

在天主教盛行的南美洲,聖誕節的慶祝活動充滿宗教主題。在這些國家,混合着歐洲的現代習俗和美洲土著人的傳統習俗,並且正越來越多的受到美國文化的影響。

在哥倫比亞,贈送禮物的傳統中有一個為孩子們帶來禮物的小基督,在智利則成了聖誕老人。南美洲的聖誕老人除了煙囪,還可以通過很多方法在晚上進入孩子們的房間,從梯子到跳牀,應有盡有。

亞洲的聖誕節

近年來,隨着經濟與文化的交流,聖誕節在亞洲也日益風行,香港、澳門、韓國和新加坡等地區,聖誕節已被列為官方假日。

在香港,12 月 25 日聖誕節及 12 月 26 日節禮日均屬公眾假期,12 月 24 日平安夜雖然不是公眾假期,但大部分機構都會提早下班,股市亦僅上午開市。很多商場早在 11 月中旬就開始佈置聖誕燈飾,全城聖誕氣氛相當濃厚,其熱鬧場面絲毫不比西方國家遜色。

在平安夜,香港年輕人喜歡帶着情侶到尖沙咀欣賞聖誕燈飾,開聖誕派對,或到蘭桂坊等地狂歡,基督教及天主教徒則會參加報佳音等宗教聚會。對年輕一輩來說,聖誕節大多願意與愛侶一起慶祝,過一個甜蜜的二人世界;對於年長一輩來說,聖誕節則是一個全家團聚的日子,希望家人能齊齊整整,歡聚一堂。

此外,與歐美國家在平安夜或者聖誕日早上拆聖誕禮物的習俗不同，香港人將 12 月 26 日節禮日視為"拆禮物日"，所有的聖誕禮物都要留待此日才可拆開。

屬於天主教國家的菲律賓，則擁有世界上最長的聖誕季。菲律賓的聖誕節從 12 月 16 日就開始了，稱為"禮物彌撒"。12 月 24 日的平安夜會有預先準備好的傳統聖誕盛宴，家庭成員坐在一起盡情享用。聖誕大餐的菜餚主要是頗具地方特色的乾酪球和聖誕火腿。給孩子們贈送禮物的主角不是聖誕老人，而是神父。

澳洲的聖誕節

12 月底，正當北半球各國在冰天雪地中歡度聖誕節時，地處南半球的澳大利亞和新西蘭等國，卻是熱不可耐的仲夏季節。在這裏，人們會見到最獨一無二的冬夏結合的聖誕場景。

在澳大利亞，儘管時值炎夏，但聖誕節到來之際，人們仍然會在商店櫥窗裏精心佈置掛滿雪花的聖誕樹和穿紅棉襖的聖誕老人，這一片酷寒雪景與光着上身汗水涔涔的小伙子和穿短裙的姑娘們相映成趣，讓人分不清冬夏，瞭不知南北。

聖誕節弄潮也是澳大利亞的一大節日特色。聖誕節期間，父母送給子女最好的聖誕禮物，莫過於一副小水划。白天，父母帶着子女去海裏弄潮游水，到了晚上，全家人就帶着飲料到森林裏舉行野餐。

新西蘭的聖誕節，則在夜晚的燈光上做起了文章，聖誕夜觀賞聖誕燈光已成為一種家庭儀式。奧克蘭的弗蘭克林大道是新西蘭著名的節日景觀之一，天空塔則是最具標誌性的建築。聖誕期間，"天空塔"的夜晚燈光配以綠色的底座，紅、銀、藍等炫色閃光效果的塔尖，亮燈之後的效果很像一棵巨大的絢麗多紛的聖誕樹，將奧克蘭的夜空點綴得更加熠熠生輝。

此外，新西蘭的聖誕禮物和聖誕食品也頗具熱帶風情。由於天氣炎熱，聖誕期間，夾腳拖鞋和沙灘毛巾是比較熱門的禮物；傳統的烤肉餐飲被沙灘野炊和露天燒烤聖誕大餐代替，餐後甜點則是獨具新西蘭風情的蛋白奶油甜餅。

四、小說中的聖誕節

聖誕節作為西方的一個盛大傳統節日，它的核心精神，它對人類的意義，它的風俗文化，都是歷代西方作家筆下的永恆主題，千百年來形成了蔚為大觀的"聖誕節文化"，層出不窮的描寫聖誕故事的小說就是其中的傑出代表。

許多著名作家都以聖誕故事為主要內容，創作了一批膾炙人口的優秀作品，如安徒生《賣火柴的小女孩》、狄更斯《聖誕頌歌》、魔戒之父托爾金《父親的聖誕節信札》、歐·亨利《麥琪的禮物》、林肯·斯蒂芬斯《悲喜交集的聖誕節》、保羅·伊文斯《聖誕盒子》以及諾貝爾文學獎得主奈保爾《聖誕節的故事》等等。讓我們賞析精品，透過幾篇最具代表性的經典小說來瞭解永恆的聖誕文化。

福音書中的聖誕節

《聖經》不僅是記載上帝的旨意和真理的聖書，它還是一部無可比擬的文學巨著，就書中所描述的聖誕故事，都可稱其為最經典的紀實小說。

史上第一個聖誕節的描述，就出現在《馬太福音》

第一章和《路加福音》第二章中。《馬太福音》描述耶穌基督的降生，從一開始就設下馬利亞未婚先孕的懸念。接下來，在丈夫決定休掉馬利亞的時候，如同今日最流行的靈幻小説般，天使在夢中顯現、説話，打消了約瑟休妻的念頭。

然而，一波三折。《路加福音》中説，凱撒亞古士督要進行人口普查，約瑟和馬利亞不得不上路去申報人口。於是，各種人物開始紛紛登場：三博士、希律王、祭司長、文士，甚至是耶路撒冷合城的人及曠野的牧羊人。場景也是從旅途、客棧到畜棚馬槽；從街市到宮廷；從聖殿到曠野，迅疾地轉換着，彷彿是當代小説運用的電影場境切換。

接下來聖嬰出生時的情景，更是在藝術上和思想上達到了巔峰。首先是在馬槽邊，上帝天父將獨生子送給人作為愛的禮物，三大博士跪伏敬拜、獻上至寶以感謝上帝，從此，人們互送禮物表達愛與感謝。接着，榮光四面照亮，天使天軍頌唱，光芒和佳音降臨到在黑暗中淒苦無望的人類身上，聖誕夜成了一個讓人脱去哀傷麻衣，披上喜樂外袍的夜晚。聖誕從此成了夢想成真、充滿希望的新開始。

儘管《聖經》中對聖誕的記載只有短短的幾節，但它的內涵卻極其豐富。其情節的曲折生動，各種人物的刻畫、心理透視，對世態風俗的描繪，以及場景轉換、思想深度，各方面都堪稱小説寫作的典範。

狄更斯與《聖誕頌歌》

英國著名作家狄更斯創作了一系列的聖誕故事，《聖誕頌歌》是其中最著名的一篇，被稱為"有史以來第二個最偉大的聖誕故事"（第一個最偉大的聖誕故事無疑是指福音書中記載的耶穌基督誕生的故事）。

《聖誕頌歌》的主角叫斯克魯奇，他是倫敦的一個小業主，待人苛刻，嗜財如命，是有名的吝嗇鬼。後來，在昔日合夥人幽靈的警告，以及"過去"、"現在"、"未來"三位精靈的啟發帶領下，他終於明白由於昔日的作惡多端，使自己失去了愛情、幸福、快樂和生命。他開始重新審視自己的人生，他看到自己雖然是這樣的一個人，但在美好的聖誕節還是能得到別人誠摯熱切的祝福，於是發誓改過自新。而仁慈的上帝也賜下了他的寬恕，整個故事在煥然一新的快樂奇蹟中圓滿收場。

在小說中，狄更斯還以細膩的筆觸生動形象地描繪了聖誕節的各項活動。其中的許多內容，包括節慶的細節與場面，已在今天的聖誕節成了普及的習俗。甚至聖誕節的語言，也由於《聖誕頌歌》這本小說而變得更加豐富多彩。"恭賀聖誕！"（"Merry Christmas!"）這句問候語就是在這本書中出現之後，才被得到廣泛應用的。

《聖誕頌歌》的意義不僅僅是承傳發揚了一些節慶的習俗，它鞭笞了今世人心中的"無知"與"貪婪"，展現了充滿光明和希望的聖誕節，啟示了聖誕救贖的意義——上帝將寬恕的大愛降臨到一切認罪的人身上。

歐‧亨利與《麥琪的禮物》

《麥琪的禮物》是美國現代短篇小說之父歐‧亨利的名作。這篇小說雖然內容精悍，但意義深遠，獲得了無數美譽，是一篇充溢着愛的聖誕頌歌。

小説中描述了一對互相深愛的夫妻，在聖誕前一天，為了給丈夫買一條白金錶鏈作為聖誕禮物，妻子賣掉了一頭引以為傲的秀髮。而丈夫則賣掉了祖傳金錶給妻子買了一套名貴髮梳。陰差陽錯，兩人的禮物都失去了使用的價值，但他們卻獲得了比任何實物都珍貴的東西——愛。

　　這篇小說名為《麥琪的禮物》，麥琪就是《馬太福音》中記載的那三位送禮的博士。三位博士從東方不遠千里而來，他們變賣了自己的一切換成黃金、香料和寶石來送給聖嬰，但這些東西對於馬槽中的嬰孩其實是無用的。雖然他們從這次朝拜中甚麼也沒有得到，但卻歡喜快樂滿足地走了。三位博士的故事和小說中賣了自己最寶貴的東西，換來一件對方無用的禮物的主人公何其相似？

　　作家們從各個角度描述了聖誕萬象，塑造了一個又一個經典的聖誕故事和聖誕人物，歸根究底，是想向人們揭示聖誕文化的真諦——愛與希望。愛不只是實用的禮物，希望也不只是單純的憧憬。當我們在歡度聖誕的時候，是否真正領略到了聖誕的真諦呢？

聖誕保衛戰

聖誕節以排山倒海之勢迅速向全球蔓延，從一個歐洲的節日演變成一個世界的節日。聖誕節的盛行對東方國家的影響尤深，在許多年輕人眼中，聖誕節的分量甚至超過自己的傳統節日，越來越多的人對聖誕文化來襲深感不安與憂慮。然而，讓人意想不到的是，如此強勢的聖誕節也面臨自己的價值危機。在歐洲本土，一場抵制美式聖誕的"聖誕保衛戰"早已打響。

聖誕節來臨前夕，在歐洲的許多國家，到處可見一幅奇特的聖誕老人貼畫——穿着紅衣服、挺着大肚子的聖誕老人被劃上了一條紅色斜線，斜線上面赫然寫着"聖誕老人禁止入內"。倍受人們喜愛和歡迎的聖誕老人，幾乎已成為聖誕節的標籤，為甚麼會遭到歐洲人的抵制呢？原來，歐洲人反對的不是聖誕老人，而是"美式聖誕老人"。

聖誕老人的原型來自歐洲，但現在流行的聖誕老人卻是"美國製造"。1931 年冬天，為了刺激人們多喝可樂，可口可樂公司決定設計一幅聖誕老人喝可樂的廣告，於是穿着大紅袍、大腹便便的聖誕老人產生了，並伴隨着可口可樂銷到全球。

面對美國強勢的經濟與文化入侵，歐洲人，特別是精英們，產生了危機感。他們要求去"美國化"，他們試圖根據自己的傳統來修改聖誕老人的形象。德國和奧地利人認為，聖誕老人應該頭戴主教冠，清瘦，神情莊嚴。英國人則認為聖誕老人應該穿着綠色的外衣。他們認為應該有自己慶祝聖誕的方法。

除了對美式文化侵蝕的擔心，抵制美式聖誕的另一個目標是反對商業化和消費主義。抵制者們認為，聖誕節越來越像一個只剩下商業頻道的節目，聖誕節的基督教起源反而成了陪襯，聖誕節的真正意義完全變了味，人們只專注於瘋狂購買聖誕禮物，親情卻越來越不受重視。

的確，聖誕節對於許多商家來說，就是一個讓民眾鬆開荷包的最好機會。在這期間，許多商品都會打折，包括平時高高在上的頂級品牌，於是人們集中在這段時間內搶購商品，有的人甚至在這幾天內將一年所需的東西都一次購齊了。為此，商家們刻意拉長大減價的時間，打折活動從聖誕節前一週開始，一直持續到 1 月下旬。聖誕節成了"購物節"。

如今，越來越多的歐洲人開始加入保衛傳統聖誕節的行列。為了普及宗教常識，一些國家領導人甚至要求商場在聖誕節促銷時要突出"聖誕節的來歷"等內容，期望青少年在購物的時候受些教育。而在奧地利東部城市聖沃爾夫岡，對傳統的保衛則更為徹底——當地最大的聖誕節禮品市場禁止聖誕老人進入，各個店舖只能出售傳統的奧地利產品和禮物。

在這個越來越全球化，越來越商業化的時代，如何保護傳統節日的價值與意義，已成為一個世界性的話題，需要保護的也遠不只是聖誕節，下一個保衛戰又將為誰打響呢？

狂歡節

　　世界上不少國家都有狂歡節（Carnival，又稱"嘉年華會"），歐美地區猶為盛行，而以巴西狂歡節最為著名。

一、狂歡節起源

　　狂歡節起源於古希臘多神教的古代節慶和縱酒狂歡，如古希臘酒神節、古羅馬農神節、木神節以及凱爾特人的宗教儀式等。

　　該節日曾與復活節有密切關係。復活節前四十天為天主教的四旬齋，齋期禁止食肉和娛樂，生活蕭穆沉悶，於是在齋期開始的前三天裏，人們專門舉行宴會、舞會、遊行，縱情歡樂，有些地區也稱之為謝肉節和懺悔節。15 世紀的歐洲，當時的羅馬教皇下令封齋期的前三天在教皇皇宮前舉行慶祝活動，從此狂歡節被正式確定並在歐洲廣為盛行，後來隨殖民者流傳到世界各地。巴西的狂歡節便是來源於歐洲的葡萄牙。

　　最初的巴西狂歡節，只是喜歡惡作劇的葡萄牙人在聖灰（Senzas）星期三（公曆 2 月的最後一個星期三）之前三天裏，戴着假面具湧上街頭，相互扔臭雞蛋、麵粉和味道噁心的水，以示喜慶和熱鬧。1641 年，在薩爾瓦多舉行了馬隊和花車的遊行，開創了有組織、有計劃的巴西狂歡活動的先河。1840 年，巴西引進了當時意大利十分流行的假面舞會，引起其他劇場紛紛效仿，吸引了各個階層的人參加，並於 1846 年首次舉行狂歡節化裝舞會。19 世紀下半期，隨着巴西奴隸貿易的逐步取消和奴隸制的最後廢除，廣大黑人加入了狂歡節的遊行大軍，他們的參加對巴西的狂歡節有着決定意義，他們把非洲傳統樂器、帶有濃郁非洲風格的舞蹈尤其是桑巴舞帶進了狂歡節。

一百多年來，巴西狂歡節逐步由惡作劇、上層社會的豪華假面舞會，變成了非洲與伊比利亞兩種文化的混合體，成為了全社會各階層共同參與、共同分享的非宗教全民聯歡活動。

二、狂歡節習俗

巴西狂歡節被稱為世界上最大也是最奔放的狂歡節，其規模之大、內容之豐富、狂歡之程度世界少有。巴西狂歡節一般在每年 2 月中下旬的星期六開始，全國共放假四天。如今的狂歡節，是跳着桑巴舞步的盛大化裝舞會，是一年一度音樂、舞蹈和服裝藝術的大展示。

巴西人往往在節日前的一兩個月就着手準備節日的慶祝活動。燦爛的陽光、絢麗的服裝、華麗的彩車、火辣的桑巴舞以及洋溢的笑容，構成了最具特色的巴西狂歡節風情。在巴西各地的狂歡節中，尤以里約熱內盧的狂歡節最為著名，參加桑巴舞大賽演員人數之多、服裝之華麗、持續時間之長、場面之壯觀，令人神往。

桑巴遊行

巴西狂歡節不分種族、膚色，不分貧富、貴賤，萬民同樂。節日期間，全國上下男女老幼個個濃妝豔抹，傾巢而出，潮水般湧上街頭，載歌載舞，盡情狂歡。盛大的桑巴遊行是狂歡節的高潮。每一隊桑巴舞的遊行隊伍都由幾十輛華麗彩車組成，每輛彩車都是一個活動的舞台，大型彩車簇擁着"國王"和"王后"領先開路，身材噴火的拉丁女郎身着比基尼或上身全裸，與男舞者在彩車舞台上大跳熱情奔放的桑巴，把氣氛帶動到最高點，讓遊客也情不自禁地加入狂歡的人群當中。豔麗的服飾、強勁的音樂、火辣辣的桑巴舞和風光旖旎的巴西美女讓人忘掉了憂愁和煩惱，忘掉了緊張和疲勞，只剩下歡樂。

桑巴舞大賽

桑巴舞是一種緊張歡快、熱烈活潑、極富感染力的舞蹈，它源自非洲，又糅合了葡萄牙人和印第安人的音樂和舞蹈風格，形成了巴西特有的歌舞藝術。巴西桑巴舞與巴西足球同樣聞名於世，成為巴西的象徵之一。有人說："沒有桑巴舞就沒有巴西的狂歡節"。桑巴舞大賽便是里約熱內盧狂歡節的另一項重大活動。

每年狂歡節期間，要在佔地 8.5 萬平方米的桑巴舞賽場舉行五場桑巴舞活動，其中以第三天和第四天的活動最為精彩。在這兩天中，全市名列前茅的十四個桑巴舞學校要在這裏一決雌雄，由各桑巴舞學校的代表組成的評委會參與投票，評出當年的名次，名列前五名的還要再進行一場表演，優勝隊可得到 100 萬美元的獎金。除評出優勝隊外，還要根據得分高低決定各學校的升降級。

易裝癖

狂歡節裏，有的男人希望自己擁有女性的特徵；有些平時內向的女人則大跳狂熱的舞蹈，模仿他人敏捷和有力的動作。巴西狂歡節對女性化的易裝狂熱程度舉世無雙。

除了里約熱內盧，巴西的薩爾瓦多、累西腓的狂歡節活動也頗為熱烈。薩爾瓦多的狂歡節具有非洲韻味，以大跳黑人土風舞的狂歡團聞名，累西腓的狂歡節則具有印第安人色彩，跳一種名為"弗雷沃"的舞蹈。

狂歡節不僅給巴西人帶來了歡樂，每年更吸引國內外遊客數百萬人，促進了旅遊業，刺激了經濟，成為巴西人生活中不可或缺的一項重要內容。

三、作家筆下的狂歡節

俄羅斯文學理論家巴赫金在他的《拉伯雷研究》中，對狂歡節是這樣定義的："狂歡節（Carnival，嘉年華）不是一個被人們觀看的場景（spectacle）。人們在其中生活，人人參與……狂歡節進行時，除此之外沒有其他生活。狂歡節之中的生活只從屬於它自己的法律，那是它自己的自由的法則……"即，狂歡節是沒有舞台、不分演員和觀眾的一種遊戲，人們生活在狂歡中，盡興、盡情，依照狂歡式的規律生活。他認為，從17世紀起，民間狂歡生活就趨向沒落而逐漸"狹隘化"、"庸俗化"、"貧乏化"，狂歡節生活也被"國家化，變成歌舞昇平的東西"以及"日常化"。

香港《經濟日報》記者張薇在她的《狂歡節慶的精神》一文裏也提到了狂歡本質的沒落。她說，"盛裝與巡遊、美酒與筵席、小丑與傻瓜、侏儒與巨人、性感美女與奇醜壯男、江湖藝人與殘疾人的奇能演出、學會特別技能的野獸……這些嘉年華必須具備的元素也見於香港的嘉年華"，然而包括香港在內的如今這些冠着嘉年華名義的綜合活動與真正意義上的狂歡節有着本質區別，是"十分節制的歡樂"。不過她認為："狂歡精神植根在人性內，可以被限制，被淡化，卻不能被剝奪也不會消失。"

四、世界各地的狂歡節

　　歐洲和南美洲地區狂歡節的慶祝日期並不相同，一般來說大部分國家都在 2 月中下旬舉行慶祝活動。各地的狂歡節都是以毫無節制的縱酒飲樂著稱，都頗具特色，具體形式各有不同。除巴西狂歡節外，世界各地著名的狂歡節有英國諾丁山狂歡節、意大利威尼斯狂歡節、德國科隆狂歡節、比利時班什狂歡節、法國尼斯狂歡節等等。

英國諾丁山狂歡節

　　英國諾丁山狂歡節是歐洲規模最大的街頭文化藝術節，每年在英國倫敦西區諾丁山地區舉行。在世界各地的狂歡節中，諾丁山狂歡節的規模僅次於巴西里約熱內盧的狂歡節。

　　諾丁山區的黑人居民多半來自加勒比海或拉美其他地區，因此，諾丁山狂歡節以濃郁的加勒比海情調著稱。諾丁山狂歡節始於 1964 年，當時聚居在諾丁山地區的西印度群島移民因思鄉情重而舉辦狂歡節，結果引起轟動。幾十年後，它發展成為規模盛大的多元文化節日和倫敦最炙手可熱的旅遊項目之一。

　　諾丁山狂歡節如同一場奇異華麗的化裝舞會，鋼鼓樂隊、卡里普索歌曲、索加音樂則是諾丁山狂歡節的靈魂。

意大利威尼斯狂歡節

　　中世紀的狂歡節最初便是在意大利。威尼斯狂歡節歷史悠久，規模龐大，通常在每年冬天的最後幾天或春天的頭幾天舉行。這個節日相傳起源於 1162 年初春慶祝威尼斯的一場戰爭勝利，1296 年被正式固定在 2 月初至 3 月初之間到來的四旬齋的前一天開始，延續大約兩週時間。18 世紀時，狂歡活動盛極一時，威尼斯因此稱為"狂歡節之城"。後來威尼斯共和國逐漸衰亡，狂歡節一度失去活力。20 世紀 80 年代以來，隨着旅遊事業的發展，威尼斯的狂歡活動重新恢復，威尼斯狂歡節得以重放光彩。

威尼斯狂歡節每年在世界著名的威尼斯聖·馬可廣場舉行，最大的特點是各色各樣的面具，其次是華麗服飾。戴假面這一傳統可追溯到一千七百多年前，在面具後面，社會差異暫時被消除，不分貧富，不分年齡，不分男女，人們根據不同的着裝扮演着不同的角色。這種娛己娛人的遊戲持續十多天，然後人們摘下面具，重新回歸自我。

德國科隆狂歡節

在德國，狂歡節是除了聖誕節以外最大的節日。科隆狂歡節也被稱為"女人狂歡夜"。它的主角是小丑和狂人，他們怪誕的裝扮、無所顧忌的舉止令眾人叫絕，其特有風俗則是姑娘們提着剪刀上街剪男人的領帶。

星期一的上午，代表狂歡節最高潮的大遊行正式開始。人們喝着啤酒，拉着手風琴，穿着五彩的服裝，戴着怪異的假面，在街上歡快地行走。上千個遊行方隊每個都有自己的樂隊、花車和獨具特色的服裝，花車上有着各種各樣的模型，不少是被選為嘲諷對象的各國領導人。花車行進時，路邊成千上萬的觀眾高呼"給我糖"，大塊的巧克力、糖果和無數鮮花便從花車上如同雨點一般落下來。

　　星期二的午夜，狂歡節接近尾聲。人們摘下懸掛在飯館和酒肆門上的代表狂歡節的紮製人物，將其焚燒，由此宣告進入"聖灰星期三"，宣告狂歡節的徹底結束。

　　另外，諷刺法國軍事壓迫的德國錫格馬林根狂歡節和享受美味啤酒的德國杜賽爾多夫狂歡節在歐洲也頗具盛名。

比利時班什狂歡節

　　班什位於比利時中部的海諾省，離首都布魯塞爾約 56 公里。每年 2 月在班什舉行的狂歡節，吸引着周邊法國、德國和荷蘭人前來助興，其節日的寓意為辭舊迎新春，與中國春節相似。滑稽小丑"日樂"是狂歡節遊行的主角，他們腳蹬 4 英寸厚的木跟鞋，身穿紅黃相間的緊身服，頭頂一米長的彩色鴕鳥羽毛，在鏗鏘明快的鼓樂中，踩出比利時民間熱烈歡快的舞步。

　　出於傳統，狂歡節這天，班什所有店舖的飲料和啤酒全部免費供應。節日高潮是拋橘子，小丑們人手一隻竹籃，將金黃色的橘子撒向歡呼雀躍的人群，接到橘子的人據說會好運連連。

　　2003 年 11 月，班什狂歡節被列入聯合國教科文組織“人類口述和非物質文化遺產代表作”。這是歐洲四項非物質遺產代表作之一。

其他國家和地區的狂歡節

世界各地知名的狂歡節還有：每年主題都各不相同的法國尼斯狂歡節；以舞蹈場面和煙花表演而著稱的西班牙加那利群島特內里費島的狂歡節；起始於 1294 年、歐洲最古老的意大利尼札狂歡節，以冰雪為主的世界最大的冬季主題加拿大渥太華冬季狂歡節，美國最瘋狂最早舉辦的新奧爾良狂歡節，以鬼神舞為特色的玻利維亞奧魯羅狂歡節，類似泰國潑水節以麵粉互相攻擊表達祝福的希臘加拉希迪狂歡節等等。

有些人將元宵節或廟會看成是中國的狂歡節，在這一天賞花燈、吃美食、逛廟會，將春節的氣氛推向高潮。香港的嘉年華會（狂歡節）一般從 12 月份開始，直到正月十五元宵節結束。另外，香港農曆四月初六的太平清醮（包山節）也是非常具有本土特色的民間狂歡節。

儘管許多傳統節日的影響力逐漸下降，人們現場參與的意願不強，但狂歡節卻在世界各地愈演愈烈。人們始終需要這麼一個節日，拋掉一切清規戒律，盡情抒發、渲洩，擺脫現實生活的制度和束縛，使人生重新煥發光彩！

感恩節

感恩節（Thanksgiving Day）是美國首創的、美國和加拿大所特有的節日，也是美國法定假日中最地道、最美國式的節日。

一、感恩節起源

感恩節的來歷與美國歷史密切相關。1620 年，著名的"五月花號"船滿載不堪忍受英國國內宗教迫害的清教徒 102 人到達美國的普利茅斯港。然而他們不適應當地的環境，第一個冬天過後，只有 50 人倖存。在印第安人的幫助下，這些新移民逐漸習慣了在當地的生存方式，並在這年秋天獲得了大豐收。他們邀請印第安人一同歡慶豐收，感謝上天賜予的好收成，同時感謝印第安人的幫助。自此，感恩節變成了美國的固定節日。初時，感恩節沒有固定日期，由各州臨時決定，1863 年美國獨立後，美國總統林肯宣佈將它定為國家法定假日。1941 年起，感恩節被定在每年 11 月的第四個星期四舉行。

加拿大感恩節的來源，則要從早期來自英國的拓荒者 Martin Frobisher 說起。馬丁遠渡重洋尋找東方淨土，卻陰差陽錯地於 1578 年在北美洲登了陸，他在當時上岸地、現在的紐芬蘭舉辦盛大的感恩祈福儀式來慶祝他的探險隊平安登陸。這就是加拿大人的第一個感恩節。在美國革命的時候，許多依然效忠英國的美國人遷徙到了加拿大，重新開始了新生活，他們把美國人的一些感恩節風俗帶到了加拿大。加拿大感恩節成為法定假日是在 1879 年，但感恩節日期一直在變動，最後在 1957 年由當時的加拿大國會宣佈定在每年 10 月第二個星期的星期一。

現時人們所津津樂道的，往往指的是影響較大的美國感恩節。

二、感恩節習俗

每逢感恩節，美國舉國上下熱鬧非常。他們沿用了許多三百多年前的慶祝方式，基督徒按照習俗前往

教堂做感恩祈禱，城鄉市鎮舉行化裝遊行、戲劇表演或體育比賽等。四天長假裏，分別了一年的親人們從天南海北歸來，一家人團圓，圍坐在一起品嚐以"火雞"為主的感恩節美食，並對家人說"謝謝"。孩子們會模仿當年印第安人的模樣穿上離奇古怪的服裝，畫上臉譜或戴上面具到街上唱歌、吹喇叭。

感恩節遊行

美國當地最著名的慶典是始於 1924 年、由美國梅西百貨公司主辦的梅西百貨感恩節遊行（Macy's Thanksgiving Day Parade）。梅西感恩節大遊行在感恩節當天舉行，持續時間約三小時，成千上萬人組成的遊行隊伍中包括梅西百貨公司的員工、眾多啦啦隊員、小丑、樂隊等，遊行以花車和歌舞為主，最具特色的是遊行隊伍中巨大的充氣卡通人物和動物。

感恩節食俗

1621 年秋天，新移民第一次與印第安人齊聚歡慶豐收時，將獵獲的火雞以及南瓜、玉米、紅薯和果子製成美味佳餚，盛情款待在危難之時幫助、支援過他們的印第安人，同時也感謝上帝對他們的"恩賜"。新移民們不但沿襲了這次感恩節慶祝活動的形式，也沿襲了這次感恩節的食物傳統。

傳統的感恩節大餐包括烤火雞和塞在火雞內部的以撕碎的玉米麵包、白麵包和芹菜等做成的填充佐料，用火雞內臟煮成的濃稠淋汁，還有小紅莓調味果醬，以及甜山芋、烤紅薯泥、青豆、沙拉、自己烘烤的麵包、各種蔬菜和水果等。最後的甜點就是具有代表性的南瓜派（或核桃派和蘋果派）。

美國人的感恩節又被稱作"火雞節"，可想而知，火雞對於這個節日來說是多麼的重要了。感恩節宴會上必不可少的特色名菜就是"烤火雞"，也有些家庭以烤鵝來替代火雞。主婦們在餐桌中間放上一個大南瓜，周圍堆放蘋果、玉米和乾果。烤好的火雞端上桌後，由男主人切成薄片分給大家，各人自己澆上滷汁，灑上鹽，一家人邊吃邊愉快地回憶往事，直到蠟燭燃盡，才戀戀不捨地離開餐桌。

感恩節遊戲

感恩節宴會後，人們常常會做些傳統遊戲：

1、蔓越橘競賽：把一個裝有蔓越橘的大碗放在地上，四至十名競賽者圍坐在周圍，每人發給針線一份。比賽一開始，他們先穿針線，然後把蔓越橘一個個串起來，三分鐘一到，誰串得最長，誰就得獎。而串得最慢的人，往往會得到一個最差獎。

2、玉米遊戲。這個古老的遊戲據說是為了紀念當年在糧食匱乏的情況下發給每個移民五個玉米而流傳下來的。遊戲時，人們把五個玉米藏在屋裏，由大家分頭去找，找到玉米的五個人參加比賽，其他人在一旁觀看。比賽開始，五個人就迅速把玉米粒剝在一個碗裏，誰先剝完誰得獎，然後由沒有參加比賽的人圍在碗旁邊猜裏面有多少玉米粒，猜得數量最接近的獎給一大包玉米花。

3、南瓜賽跑：人們最喜愛的遊戲當數南瓜賽跑。比賽者用一把小勺推着南瓜跑，規則是絕對不能用手碰南瓜，先到終點者獲獎。比賽用的勺子越小，遊戲就越有意思，常常逗得人們捧腹大笑。

4、火雞胸骨許願遊戲：人們將火雞胸部的叉骨取出，兩人各執一端，默念心中的願望，直到其折斷，拿到較長一端骨頭的人願望就會實現。

5、其他活動：除了這些遊戲外，有些家庭在節日裏驅車到鄉間去郊遊，或是坐飛機出去旅行，特別是當年移民們安家落戶的地方——普利茅斯港，遊客們前往參觀、遊覽，重溫美國的歷史。

感恩節購物與黑色星期五

從感恩節到聖誕節這一個月，是美國各個商家傳統的打折促銷旺季，通常美國的購物場所都會以比平時低很多（有時是一折或者兩折）的價格銷售商品。瘋狂的購物月從感恩節的次日（星期五）開始，很多人家在團聚之後都會舉家出動，摸黑衝到商場排隊買便宜貨，因此，這一天被稱為 Black Friday（黑色星期五）。這個稱呼，也有"人人的錢袋都受到嚴重威脅"的意思。這逐漸成為了一種新的感恩節習俗。

儘管其他國家和地區並不過感恩節，但黑色星期五的習俗倒是被商家及時"拿來"。比如感恩節期間，香港就經常推出打折促銷活動。

送食物習俗

從 18 世紀起，美國就開始出現一種給貧窮人家送一籃子食物的風俗。當時有一群年輕婦女想在一年中選一天專門做善事，認為選定感恩節是最恰當不過的。所以感恩節一到，她們就裝上滿滿一籃食物親自送到窮人家。這件事遠近傳聞，不久就有許多人學着她們的樣子做起來。不管遇到誰，他們都會說謝謝您！如今，感恩節這一天，好客的美國人會邀請好友、單身漢或遠離家鄉的人共度佳節，就是對這一傳統的延續與發展。

總統放生火雞傳統

每年一度的總統放生火雞儀式始於 1947 年杜魯門總統當政時期，但實際上這個傳統儀式可以追溯到美國內戰林肯總統當政時期。1863 年的一天，林肯的兒子泰德突然闖入內閣會議請求赦免一隻名叫傑克的寵物火雞，因為這隻被送進白宮的火雞，即將成為人們的感恩節大餐。

2006 年 11 月 22 日，布殊在白宮玫瑰花園舉行的感恩節放生儀式上，特赦了一隻名叫"飛鳥"的火雞。2009 年 11 月 26 日，奧巴馬在女兒陪同下，"赦免"火雞"勇氣"，讓牠免於在感恩節被屠宰。

加拿大感恩節習俗

加拿大感恩節習俗與美國慶祝方式相似，也是家人團聚、吃火雞和南瓜派等傳統食品、感恩節遊行。不同的是，加拿大感恩節純粹為慶祝豐收，並沒有那麼濃重的宗教意義。

三、作家筆下的感恩節

著名美國作家歐·亨利在他的短篇小說《兩位感恩節的紳士》中，講述了感恩節的來由，着重描寫了請窮人吃飯的習俗。故事講述了一位老紳士和一個常年受飢餓折磨的窮人在感恩節裏請吃與被請的約定，兩位守信的人要堅守九年的老傳統，卻因各自不同的遭遇，陰差陽錯地成了一齣令人啼笑皆非的鬧劇。

對於感恩節的起源，小說中寫道："越橘沼澤地東面的那個大城市（註：即普利茅斯市）使感恩節成為法定節日。一年之中，唯有在 11 月的最後一個星期四，那個大城市才承認渡口以外的美國。唯有這一天才純粹是美國的。是的，它是獨一無二的美國的慶祝日。"

小說中提到的請吃飯的習俗："五馬路起點附近的一幢紅磚住宅，那裏面住有兩位家系古老，尊重傳統的老太太。她們甚至不承認紐約的存在，並且認為感恩節完全是為了華盛頓廣場才制訂的。她們的傳統習慣之一，是派一個傭人等在側門口，吩咐他在正午過後把第一個飢餓的過路人請進來，讓他大吃大喝，飽餐一頓。斯塔弗・皮特去公園時，碰巧路過那裏，給管家們請了進去，成全了城堡裏的傳統。"

小說中，兩位傳統的老太太準備的感恩節食物有："以牡蠣開始，以葡萄乾布丁結束，包括……烤火雞、煮土豆、雞肉色拉、南瓜餡餅和冰淇淋。"飢腸漉漉時，面對如此豐盛的大餐，也難怪重信守諾的流浪紳士抵不住美食誘惑。

四、感恩節的誤區及反思

1、感恩節的誤區

對於感恩節，人們在美國的第一個感恩節的定義以及感恩節的地域性上，存在一些誤區。

"第一個感恩節"爭議

許多人認為，美國第一個感恩節就是印第安人與新移民第一次齊聚感謝上天的那一天。但是，美國的原住民印第安人早有感恩節慶的存在。新英格蘭的印第安人一年舉行六次感恩節慶，他們依照不同時節舉行感恩的儀式。這次在秋季收成時與新移民一起齊聚慶祝，是印第安人一年中的第五次感恩節慶。因此，這一天雖然是延續至今的美國感恩節的起始日，卻並非是所謂的"美國第一個感恩節"。

歐洲有沒有感恩節？

感恩節這個節日有着深厚的美國歷史由來，並且涉及當時的宗教，很多人以為感恩節是歐美地區都流傳的節日，其實這是錯誤的。歐洲人沒有美洲大陸的那些經歷，沒必要感謝遠在另一大洲的印第安人，所以，他們並沒有感恩節。

一般來說，在感恩節這天祝賀歐洲人"感恩節快樂"並不是一個很恰當的行為，有可能會招來反感。

2、感恩節的反思

沒有恩人的感恩節

歐洲新移民與印第安人第一次一同慶賀的感恩節，本是友誼逐漸鞏固的開始，但不幸的是，由於不再像以前一樣需要印第安人的援助，一些新移民慢慢淡忘了他們一開始遭受的困難以及受到的幫助，加上更多新移民的不斷湧入，雙方的不信任感逐漸升高，摩擦越來越多。移民反賓為主，以自己的文化發達先進為傲，對印第安人存有歧視輕蔑心理，一些新移民甚至不容忍印第安人的宗教信仰。開發利用土地資源、文化宗教等方面的摩擦衝突，最終導致印第安人與新移民之間展開激烈戰爭，印第安人大敗，大多數族人喪失性命，失去了土地所有權。

感恩節宴會上本應懸掛當初那個純樸好客的萬帕諾亞（Wampanoag）部落老酋長"邁斯色以"（Massasoit）的畫像，然而老酋長的兒子菲力浦領導反對新移民的"菲力浦國王之戰"並喪命，這個部落最後被消滅。感恩節成了沒有恩人的感恩節，這不免讓人感到諷刺和發人深省。

是否需要設立本土"感恩節"？

在一些具有悠久歷史傳統的地區，如中國、印度等，過西方節日越來越流行，儘管社會上對這些舶來的節日有不少反對的聲音，但對感恩節卻相對寬容，這大概是因為當今社會存在太多不知感恩的情況吧。許多人建議設立本土感恩節，吸取美國感恩節的積極成分，融入傳統美德中，賦予新的涵義，讓孩子學習換位思考，珍惜朋友，理解父母；讓成年人互相體諒，人際關係更和諧。

然而也有人說，在一個文明的社會，儘管知道感謝、懷有一顆感恩之心不可或缺，但一個好的節日除了需要賦予重要涵意之外，還要有豐富的、具有生命力的載體，與其新設立一個空降的感恩節，不如在傳統節日中選擇一個內容相似的載體去發揚光大。

聞風節

在古老神秘的文明古國埃及，被稱作"Sham El Nessim"（中文音譯夏姆納西姆）的聞風節是其最古老的傳統節日之一。阿拉伯語中，"Sham"意為"吸、嗅、聞"，"El Nessim"意為微風、柔風。"Sham El Nessim"意思是"在微風中呼吸"，中文意譯為"聞風節"或"惠風節"，英文譯為"The Day of Beneficial Wind"。

一、聞風節起源

聞風節起源於公元前 2700 年或更早的的古埃及法老時期。歷史學家研究認為，聞風節是在古埃及第三王朝（公元前 2686 —前 2613 年）後期成為正式節日的，也就是說，埃及人民歡度這一節日已有近五千年的歷史了。

埃及古老的科卜特曆法中的八月二十七日那天，正是一年中白晝與黑夜對等的一天，也就是中國農曆的春分。此時春意盎然，古埃及人認為，這一天是宇宙世界的誕生日，同時也是春季萬物開始復蘇之日，代表一年的開始，因此，他們把這一天作為聞風節的日期，來慶祝春季的來臨，也稱之為"春節"。

而在埃及的古老傳說中，聞風節與太陽神有關。相傳太陽神曾被人類的惡行所激怒，派他的女兒、獅首人軀的女戰神索赫梅特下界問罪。索赫梅特暴戾成性，下界後大施淫威，企圖滅絕人類。太陽神發覺後，連忙設法制止，降旨賜葡萄美酒給索赫梅特喝，她將紅色的酒當成血液喝下後，酩酊大醉，沉睡不醒，人類才免除了一場災難。那一天萬物復蘇，人們爭相慶賀，祈禱慈善永久、春光常駐。古埃及人把這個節日稱為"Shamo"（音譯"夏摩"），也就是萬物復蘇的意思。後來由信奉伊斯蘭教的埃及人沿用，逐漸演變為現在的"Sham El Nessim"。

雄偉的金字塔也與聞風節有很大的關聯。金字塔是測量時日的坐標，春分這一天，旭日東升，陽光灑在大金字塔上，大金字塔剛好一半被灑滿陽光，另一半為陰影所遮蔽，猶如金字塔居中分成兩半一樣。古埃及人藉金字塔為坐標確定聞風節到來和開始慶典的精確時間，瞭解春分日來臨的時間，同時舉行盛大的節日慶典。

現今埃及人將聞風節定在春分月圓後的第一個星期一，也就是每年的 3 月至 5 月間。

二、聞風節習俗

聞風節是一個浪漫而隆重的節日。聞風節這一天，為慶祝季節轉換，表達內心喜悅，埃及人都會披紅掛綠，穿上新衣，家家戶戶相邀結伴出遊踏青、野餐、歌舞，盡情呼吸春天的氣息，品嚐雞蛋、鹹魚、洋蔥、生菜、埃及豆等各種傳統的民間風味小吃，分享對生活的熱情和希望。人們也因此將這個節日稱為"踏青節"。埃及的科卜特人認為他們是法老的後代，沿襲了將所崇拜的神與人間習俗緊緊連接在一起的傳統，在聞風節這一天會去登金字塔朝拜太陽神。

尼羅河泛舟——古埃及人的慶祝風俗

公元前 2700 年前，吉薩金字塔地區就開始有慶祝聞風節的慶典了。

人們將太陽船放在富麗堂皇的大船上，沿尼羅河順流而下。船頭有人擊鼓和跳舞，祭司和士兵們在船後敲鑼打鼓，歡呼高唱。法老和大臣們坐在尼羅河岸邊的草棚裏邊看邊吃鹹魚、喝椰棗酒。小孩子在岸邊奔跑，歡呼阿蒙神。婦女們在那一天身穿節日盛裝，頭頂酒罐，去祭拜生育與戀愛女神哈托爾，祈禱完將酒罐摔碎，鮮紅的果汁流出來，象徵人類生命分娩而去。男人則採摘象徵女性之愛的荷花和象徵男性之愛的紙莎草花編成花環給全家人戴在頭上，預示生命旺盛與幸福。而後，全家人乘坐綴滿鮮花的小帆船在尼羅河上順流而下，悠閒泛舟。

聞嗅春風——當代埃及人的慶祝風俗

埃及人認為，聞風節外出踏青郊遊，“聞嗅春風”，可以辟邪祛疾，強身健體。同時，據說最早出門聞風的人將會在新的一年中得到好運氣，因此，每到聞風節這一天，人們都會早起，出門吸聞春風，以求好運。就連素不出門的老人，也不會錯過這一年一度的外出良機，否則在明年節日到來之前就會變得懶惰。

時代變遷，古時在尼羅河畔載歌載舞的熱鬧聞風節慶典久已中斷，但人們走出家門享受春光、欣賞美景的習俗卻沒有改變。聞風節是埃及的法定假日，穿新衣、戴新帽、家人團聚的習俗，和其他國家慶祝新年並無兩樣，節日當天萬民空巷去郊遊，卻是聞風節獨一無二的特點。

閏風節這天，家家戶戶湧出家門，聚集到城市的公園綠地、尼羅河畔、地中海和紅海岸邊的沙灘以及吉薩金字塔周圍的沙地上，唱歌跳舞、打牌玩球、下棋散步、談天說地、追憶歷史、憧憬美好的未來，在一派輕鬆歡樂的氣氛中，盡情感受春天的氣息、家庭的溫暖和節日的快樂。勤勞的主婦準備了豐富的節日食品，野餐後，許多人聚在一起，圍成一個大圈跳舞，太陽西斜才返回家中。

莊戶人家及遊牧家庭的閏風節另有一番景象，他們在閏風節裏的慶祝活動是趕集。集市熱鬧非凡，大家打着招呼，互相寒暄；挑選心愛之物，或當街歌舞，釋放熱情和快樂。晚上則全家人坐在椰棗樹下，老人給孩子們講《天方夜譚》之類的阿拉伯神話故事。

登金字塔

古埃及人以金字塔為坐標確定閏風節的到來和開始慶典的精確時間。歷史上，大金字塔的太陽神慶典儀式十分壯觀。下午六點時，大金字塔恰好一半灑滿陽光，另一半籠罩在陰影之中。古埃及人認為此刻太陽神正在塔上俯視大地與臣民，他們在那時聚集在大金字塔前，朝北仰望塔上空的豔麗夕陽。幾分鐘後，紅日從金字塔後消失，標誌太陽神已經離去，慶典儀式在靚麗的晚霞襯托下完畢。

時至今日，吉薩金字塔地區仍是許多埃及百姓尤其是科卜特人向往的去處。這一天，很多人都想攀登金字塔，親身領略閏風節的古老神韻。由於長久以來吉薩金字塔內部濕度升高，損傷加劇，政府已明令禁止遊人攀

登，但每逢聞風節，攀登金字塔現象仍屢禁不止。近年，埃及當局已下令，聞風節期間金字塔只接待外國遊客。

節日食俗

聞風節不但要和大自然親近，吃特定的傳統食品是聞風節中不可缺少的內容。埃及人在聞風節要吃鹹魚、雞蛋、洋蔥、生菜、埃及豆這五種專門食品，以圖大吉大利。

鹹魚

古埃及人崇拜魚類，認為魚是聖潔之物。對他們來說，游動的魚是好兆頭，是土地肥沃與人民幸福的象徵。每當尼羅河洪水消退之後，便會形成許多天然的小水塘，水塘中會有大量的魚群，人們捕撈魚作為祭神的供品。由於魚肉容易腐爛變質，他們就在冬天把捕好的魚用鹽醃好變成鹹魚，用泥土封在陶缸裏，到聞風節那天開啟煮來吃。

時至今日，鹹魚仍然是聞風節重要的節日食品。節日吃鹹魚，除了表示莊嚴隆重外，還有祝願吉祥如意之意。如今埃及人聞風節所吃的鹹魚一般都以沙丁魚、鯖魚來製作，據說聞起來很臭但吃起來相當美味。就算每年有不少饕餮客在聞風節期間因吃到不潔的鹹魚而進了醫院，人們還是樂食不疲。

雞蛋

雞蛋在埃及象徵來年人丁興旺、財源茂盛。

據古埃及的宗教傳說，造物主在創造世界時，認為宇宙是蛋形的，所以先把世界造成一個雞蛋形，然後將其劈成兩半，上一半為天，下一半為地。因此，雞蛋被認為是生命的起源。對埃及人來說，雞蛋不僅是節日餐桌上必備的神聖食品，而且象徵着新生活的開始，藉助雞蛋可以祈求好運，因此，他們在夜間用紅、綠、黃等彩色顏料在煮熟的雞蛋上描繪種種祝願，然後將這些彩蛋裝入筐籃，或擺放於房前屋後，或掛於附近的樹杈上，等待太陽神顯靈帶來好運。在節日期間互致問候時，手持彩蛋相互碰撞，也是埃及人祈求好運的一種方式，誰的雞蛋沒有破裂，就意味太陽神將滿足他的祝願。

洋蔥

古埃及人認為洋蔥是神聖的食物，可以治病、驅邪、避惡，用以祭神。洋蔥在古王國時代的第六王朝之時，已是聞風節的重要應節食物。傳說當時神廟的大祭司用洋蔥治好了人民所喜愛的王子的病，法老為了慶祝王子恢復健康，同時慶祝節日的到來，舉辦了盛大的慶典活動。百姓們在這一天也將成串的洋蔥掛在家門口，作為獻給王子的祝福，聞風節吃洋蔥的習俗便這樣流傳了下來。

在聞風節期間，主婦們會把洋蔥剁爛給家人食用，以求健康平安，也會像古人一樣將成串的洋蔥掛在家門口，為家人祝福。

生菜和埃及豆

生菜和埃及豆都是聞風節時的時令蔬菜，食用可以健身強體，尤其能夠增強生育能力。古埃及人認為埃及豆還可以預防春季各種兒科傳染病，並可以醫治肝炎、腎炎等疾病。

三、作家筆下的聞風節

聞風節以其獨特的魅力吸引了古往今來的世界各地遊客。

十九世紀，英國作家愛德華・威廉・雷恩在《現代埃及風俗錄》裏，對聞風節這樣寫道："有個風俗被稱為'聞風'，即在節日這天聞嗅春風。這天一大早，許多人，特別是婦女，會將洋蔥切開聞一聞。在午前，開羅的許多市民或步行，或騎車到郊外；或坐船北上，去感受這和煦空氣。因為在他們看來，在那一天聞嗅春風，那麼這一整年都會有好運……許多人都聚集在郊外和河邊享用盛大的晚宴。儘管今年的聞風節颳的不是柔和的微風，而是伴隨着烏雲的強力熱風，但是，大部分市民依然出門'聞'風去了。"

時過境遷，聞風節的郊遊踏青傳統卻一直沒變。

CCTV駐埃及記者梁玉珍的文章《領略埃及傳統節日——惠風節風情》裏，描寫了如今聞風節（惠風節）的情形："埃及人身着節日盛裝，攜帶各種樂器，滿載豐盛的食物，舉家大小成群結隊地擁向自然的懷抱"，"但凡是有青草綠樹的地方，則堆擁着數不清的人群，熱鬧非凡"，人們都往公園、動物園、郊外等有綠色的地方去踏青，"只要有綠色的地方都充滿着人們的歡歌笑語，郊區的遊樂場所則蜂擁着上百萬的遊人。色彩鮮豔的服飾，明朗開心的笑臉和大自然所展示出的詩情畫意交相輝映，構成了一幅幅動人心弦的畫面。"節日裏的應節食品也還是洋葱、生菜、埃及豆、彩蛋和鹹魚，節日聞洋葱的習慣一樣流傳至今："直到現在，一些老人仍舊習慣在惠風節的早上，把大葱掰斷，放在小孩子的鼻子下，讓他聞聞大葱的味道，希望孩子能夠去病消災，健康成長。"

四、與聞風節有關的其他節日

據記載，猶太教的逾越節、基督教的復活節，都與聞風節有着千絲萬縷的聯繫。

逾越節

逾越節是猶太曆正月十四日白晝及其前夜，是猶太人的新年，猶太民族的五大節日之一。

當年猶太人的先知摩西率領在埃及過着奴隸生活的以色列人出走之日，正好是聞風節。在終於擺脱法老奴役後，猶太人把這一天定為慶祝日，即逾越節。由於它是猶太人紀念祖先在摩西的領導下成功逃離埃及的節日，所以又叫自由節。

復活節

　　復活節（主復活日）是一個西方的重要節日，在每年春分月圓之後第一個星期日。基督徒認為，復活節象徵着重生與希望，為紀念耶穌基督於公元 30 到 33 年之間被釘死在十字架之後第三天復活的日子。

　　每年在教堂慶祝的復活節指的是春分月圓後的第一個星期日，如果月圓那天剛好是星期天，復活節則推遲一星期。由於每年的春分日都不固定，因而每年復活節的具體日期也是不確定的，大致在 3 月 22 日至 4 月 25 日之間。而有一年，聞風節正巧趕上基督教大齋節期間，禁飲酒食魚肉，於是，信奉基督教的埃及人將聞風節延至復活節的第二天。從此，聞風節這個節日便約定俗成，定在春分月圓後的第一個星期一。

　　時光流逝，隨着歷史的演變，基督教自西方傳入後，古埃及文明被基督教文明所代替；隨着十二世紀伊斯蘭教的興起，基督教文明又被伊斯蘭文明所代替，古埃及的宗教信仰逐漸衰亡，許多文化都消失沉沒在歷史的長流之中，許多的傳統節日也漸漸失傳。但聞風節卻因其美好寓意和獨特魅力而一直延續下來，保留至今，可謂是一個文化的"活化石"。

賽馬節

　　澳洲最有名的節日，便是澳大利亞墨爾本市的賽馬節（Melbourne Cup Day）。墨爾本賽馬節以其歷史之悠久、影響力之巨大，與美國的肯塔基賽馬節、英國的利物浦賽馬節、法國的凱旋門賽馬節，並稱為世界四大賽馬節。

一、墨爾本賽馬節來源

　　有遊牧民族的地方，就有賽馬活動。但現代意義的賽馬運動，將博彩引入到體育競技比賽之中，觀眾在觀看比賽的同時，還可以竟猜贏取獎金，因此更具趣味性和刺激性。最早將博彩引入賽馬運動的是英國，世界上有史以來第一次公眾賽馬活動，始於 1671 年的英國紐馬科特。

　　澳大利亞曾是英國的殖民地，保留着英國的許多風俗。墨爾本作為 20 世紀初澳大利亞的臨時首都，其賽馬節源自中世紀的英國，完全繼承了英國的習俗，具有鮮明的英國特色。

　　墨爾本賽馬節在每年 11 月份的第一個星期二，在始建於 1855 年，被稱為全球最古老、設備最完善的弗萊明頓賽馬場舉行。自 1861 年舉辦至今，墨爾本賽馬節已成為澳大利亞全國性節日，也是墨爾本所在的維多利亞州的法定假日。正式比賽前，在闊菲爾德跑馬場的選拔賽也非常激烈，吸引了不少人前往觀看，漸漸地形成了每年 10 月 16 日的闊菲爾德杯，相當於墨爾本賽馬節的序曲。

二、墨爾本賽馬節及習俗

墨爾本賽馬節是公共假日。節日當天一大早，人們打扮一新，男人與男人為伍，女人與女人結伴，一起往賽馬場聚集，男人去在看賽馬的同時，女士們可以選擇觀看時裝秀。街頭到處是印着馬匹和騎手形象的彩旗和氣球。

墨爾本賽馬節的習俗主要有：博彩、着裝正式、帽子展、時裝比賽等。墨爾本賽馬節官方網站（http://www.melbournecup.com）不僅有對節日的歷史、習俗等非常詳細的介紹，還可以登陸網站進行投注。

博彩

墨爾本賽馬節是一種能讓整個澳大利亞停頓下來的賭博。每年的墨爾本賽馬節，吸引前來投注賭馬的

國內外專業馬迷賭客和觀看賽馬的遊客超過 10 萬人，幾乎所有賭場都接受網絡投注，全球 120 多個國家和地區觀看電視直播的馬迷約 7 億人，總投注額往往達數千萬甚至上億澳元。

節日着裝

這是源自英國的習俗。觀看賽馬的人必須身裝歐洲傳統服飾，男士們西裝燕尾，打領帶，穿皮鞋，紳士味十足；女士們則一律裙裝，與平常不同的是，一頂色彩鮮豔、插有鮮花、水果或者羽毛的大帽子必不可少。

帽子展

令賽馬更遐邇聞名的，是節日期間女士們的帽子。這些類型各異、風格多樣、色彩繽紛的帽子極具女性特色，是賽場外最大的亮點，一般於節前在商店購買，但為了與眾不同，很多人選擇定做甚至自行設計。在每年的賽馬節上，人們可以欣賞到四五千種帽子。

時裝比賽

賽馬節的前一天會舉行男士傳統賽馬時裝比賽。但最吸引人的，還是女士的時裝比賽。女人對服裝的興趣，永遠超出男人想像。女人們在第一場馬賽後，往往結伴進馬場，參加那裏的時裝比賽。節日裏有商家組織服裝評比，鼓勵女士們穿自己設計的服裝參賽。女人們時裝表演的熱鬧甚至超過了馬賽，使得活動組織者不得不將時裝評比的決賽改期。澳大利亞最大的時裝店"瑪雅"舉行的賽馬節戶外時裝比賽始於 1962 年，到現在已有近 50 年的歷史了。

節日食俗

　　人們自帶食品觀看賽馬，食物各種各樣，但有一種飲品必不可少，那就是酒。每次的賽馬節都由酒商贊助，馬場裏無論男女，不管是走是站，手裏都端着一杯香檳或一瓶啤酒。喝酒幾乎成了賽馬文化的一部分。也有很多人去賽馬酒吧，酒吧設有專門賭馬的衛星頻道，男人們一邊喝酒一邊交換賭馬經。

　　和其他國家的公共假日不同，為了營造快樂輕鬆的氣氛，讓公眾玩得盡興，玩得瘋狂，在賽馬節當天墨爾本的商店是不允許開業的，如果偷偷開業，將被政府處以重罰。

　　對大多數墨爾本人來說，墨爾本賽馬節就是一個狂歡的節日，讓人熱情參與，盡情抒發內心對喜樂的追求。

三、作家筆下的墨爾本賽馬節

　　一百多年前，美國作家馬克·吐溫雲遊至澳大利亞，目睹墨爾本賽馬節盛況後，在《赤道環遊記》一書裏感歎：“在這個世上，我還從沒有見到過這樣一個感染了整個國家的節日。它使我震驚！”“這才是真正吸引整個國家的節日。”

　　在書中，馬克·吐溫用了一整章的篇幅來介紹墨爾本賽馬節，即第十六章《墨爾本盃錦標賽——一年最大的節日》。他寫到：“每年 11 月 5 日……普遍休假，男男女女，無論身份高低，凡是出得起錢的，都放下別的事情到這裏來。他們在這一天以前兩個星期，就開始乘輪船火車蜂擁而來……直到後來，一切交通工具都被儘量徵用，滿足這個盛會的需要"，而當時"來看賽馬的人足有十萬以上，他們把廣大的場地和看台擠得水洩不通"。

文中提到女士們漂亮而講究的服裝，他甚至用"神聖"來形容。"有了這些講究衣服，大看台上就呈現一片鮮豔奪目、美妙非凡的景象，真是五彩繽紛、爭妍競豔，令人眼花繚亂"。

節日裏，"大家都暢飲香檳酒，人人都精神煥發、興頭十足、快活無比"。"大家都打賭，隨時都有勝負，一筆一筆的賭注不斷地轉手。""人們的趣味和興奮始終都保持着白熱化的程度；每天賽馬完畢之後，大家就通宵跳舞，為的是使第二天早晨看賽馬的勁頭更大。"熱鬧的節日才結束，人們就開始"為第二年預訂住處和交通工具，……定製來年看錦標賽的衣服"，提前一年就為來年的節日做準備。

馬克·吐溫說，"這個節日使那些相鄰的殖民地裏其他一切的節日和各色各樣的特別紀念日都失去光彩"，因此，在他看來，墨爾本賽馬節是個配得上"至高無上"稱呼的特殊節日。

百年後的今天，作家雨林用他的遊記《一年只為這一天》告訴我們，這個節日盛況更勝從前。"墨爾本賽馬節已經有近一百五十年的傳統。…… 一百五十年來，比賽至今沒有中斷過一次，哪怕在世界經濟大蕭條和世界大戰期間。"人們對這個節日的重視程度比從前有過之而無不及，女人"個個像孔雀似地展示自己的非凡（美麗）"，男人"因為女人而眼睛加倍明亮，而更富有創造力"，"在許多人的心目中，騎手要比總理更重要，可以不知道總督的名字，但是今年熱門馬的名字是絕對不會搞錯的”，“在墨爾本，不知道當年的墨爾本盃的馬和騎手叫甚麼，就如同一個孩子不知自己的母親是誰一樣荒唐”。

四、世界各地的賽馬節

當今世界，賽馬運動已不僅僅是一項體育賽事，更象徵一個國家經濟的興衰。像英國、法國、美國、德國、愛爾蘭、意大利、澳大利亞、日本、中國香港及澳門這些經濟較為發達的國家和地區，賽馬運動開展得都很好。而中國內地隨着經濟的發展，也開始定期舉辦以武漢國際賽馬節為首的賽馬運動。當然了，最為著名的，還是和墨爾本賽馬節一起被譽為世界四大賽馬節的美國肯塔基賽馬節、英國利物浦賽馬節和法國凱旋門賽馬節。

美國肯塔基賽馬節

美國每年舉行 10 萬多場賽馬，觀眾超過 8000 萬人次，馬票售出金額達 120 億美元。這其中，以肯塔基大賽最為重要。肯塔基州中部是舉世聞名的“世界賽馬之都”。當地遍佈含有天然鈣質的藍綠莖牧草，馬吃了特別有營養，非常適合飼養馬匹，因此當地盛產夸特馬、純血馬等優質賽馬。一百多年以來，賽馬業已成為肯塔基州的支柱產業。

在肯塔基州路易威爾市的 Churchill Downs 賽道，從 1875 年開始，每年 5 月第一個星期六都會舉辦“肯塔基州德比賽馬節”（Kentucky Derby），吸引眾多的馬主、商業巨頭和各界名流到現場觀看比賽。每年的純血馬拍賣大會，則是賽馬節裏除賽馬以外最重要的一項活動。肯塔基賽馬節不僅是一項激烈的馬術競賽，也是美國牛仔文化的完美體現，是美國最隆重的賽馬節。連英國女王都説，"看德比賽馬比見美國總統還重要"。

英國利物浦賽馬節

英國利物浦是最著名的安特里國家大賽（Grand National at Aintree）賽馬運動的發祥地。利物浦賽馬節是英國的傳統馬賽，始於 1839 年利物浦附近的艾恩特里，舉行時間為每年 4 月的第一個星期日，也被稱為英國的全國賽馬大會。這項賽事水平高，範圍廣，其影響力之大，甚至超過英國王子結婚。英國人愛好馬術，看賽馬和賭賽馬已成為生活中的重要內容，利物浦賽馬節被稱為英國的國家盛事，是僅次於足球的第二大體育運動。這個節日也是英國社會名流名媛們的服裝展示日。

法國凱旋門賽馬節

法國的賽馬運動始於 19 世紀，第一次公眾賽馬活動於 1834 年 5 月 15 日在尚蒂義舉行，法國人對賽馬運動的熱愛，使得這項運動迅速發展，目前法國賽馬場數量達 270 個，僅次於澳大利亞。法國還是世界賽馬彩票的重要發源地，據記載，1651 年就出現了法國貴族之間的賽馬博彩，1659 年出現了賽馬彩票。

聞名於世的法國凱旋門賽馬節，始於 19 世紀拿破崙三世設立的賽馬"巴黎大獎"。法國凱旋門賽馬節於每年 10 月第一個星期天在隆香賽馬場舉行，以世界最高的獎金聞名於世，吸引了世界各地的賽馬愛好者。由於法國人對賽馬活動的熱衷，每當比賽季節來臨時，觀賽入場券一票難求，買不到票的民眾退而求其次，到酒吧收看電視轉播，因此催生了無數的"賽馬酒吧"。

香港賽馬會

提到賽馬，就不能不提到香港賽馬會。香港賽馬會是全球規模最大的賽馬機構之一，負責提供賽馬活動、體育及博彩娛樂，也是香港第三大慈善機構。

香港賽馬源自英國，1842 年首次舉行香港賽馬，但最初地點卻在澳門，直到 1848 年香港才設立馬場。香港賽馬初期主要為了娛樂，1890 年才開始舉辦賽馬博彩，被稱為"賭馬"。現時賽馬會每年舉辦約 700 場賽事，分別在沙田及快活谷的馬場舉行。

同樣是源自英國的賽馬運動，香港賽馬會與墨爾本賽馬節不同，墨爾本賽馬節習俗基本沿襲了英國傳統，集運動、狂歡、社交於一體，而對香港人來說，賽馬的意義早已超越了這項運動本身，而成為香港人的一種生活方式，甚至形成了香港所特有的賽馬文化。如與賽馬有關的口頭語、帶"馬"字的地名、反映賭馬的影視作品及文學作品、類似股票分析的馬報等等。

目前，香港的賽馬佔了多項世界之"最"：國際賽事參賽國家最多，參與人數最多，投注金額與人口比例最高，每個馬季比賽場數最多等等。

其他國家和地區的賽馬活動

賽馬起源於西方，但在日本卻發展到了幾乎登峰造極的地步。從上世紀九十年代至今，日本的賽馬彩票年銷售總量都是世界第一，1997 年甚至達到 443 億美元。賽馬是一項令日本全體民眾為之瘋狂的"全民娛樂"。由於日本是一個禁止賭博的國家，因此法律規定只能由中央或地方政府全額出資的公立或國有企業舉辦賽馬活動，不允許賽馬舉辦團體以外的組織或個人發售賽馬彩票。

在愛爾蘭，馬賽是一項遍佈全國的運動盛事，全國各個地區都有比賽場，時間從復活節一直到 12 月份。意大利每年 7 月 2 日和 8 月 16 日兩次在西耶納岡博廣場舉行傳統意義的"各區賽馬節"。摩洛哥在每年 9 月會舉行名為"一千零一匹馬"的古老的阿拉伯賽馬活動，以讓年輕一代瞭解祖先馬背上的歷史。中國的武漢國際賽馬節以其規模宏大、賽事緊湊、項目全面，成為馬文化的藝術盛典，更成為中國與世界、體育與文化、旅遊與經濟之間交融、碰撞的紐帶。

此外，尼泊爾、緬甸、中國西藏及內蒙等地，每年也都會舉行傳統的賽馬節。

相對爭議不斷的奔牛節，現代意義的賽馬節既保留了歷史傳統，又因人與馬的協調、氣候、場地等不確定因素和博彩的引入，大大增加了這項運動的趣味性和刺激性，賽馬運動成為關注程度僅次於足球的體育運動也就在情理之中了。

趣味重溫

一、你明白嗎?

1. 節日常識,請從書中找到合適的答案填到空白處。

   a. 中國四大傳統節日為(　　)、(　　)、(　　)、(　　)。

   b. 開齋節與(　　)、(　　)並稱為伊斯蘭教三大節日。

   c. 感恩節是(　　)、(　　)兩個國家所特有的節日。

   d. 墨爾本賽馬節與美國的(　　)、英國的(　　)、法國的(　　)
      為世界四大賽馬節。

   e. 奔牛節時的安全活動口訣是(　　)、(　　)、(　　)、
      (　　)。

2. 判斷正誤,在正確判斷後打 ✓,錯誤的判斷後打 ✗。

   a. 情人節起源於古羅馬。(　　)

   b. 吃粽子是為了紀念屈原而形成的食俗。(　　)

   c. 泰國的水燈節又被泰國人稱為"情人節"。(　　)

   d. 北傳佛教和南傳佛教都以每年農曆的四月初八日為佛
      誕節。(　　)

   e. 弗萊明頓賽馬場是全球最古老、設備最完善的賽馬場。(　　)

3. 試將各個節日及其特色食品連線搭配。

情人節	洋葱
春　節	火雞
感恩節	餃子
聞風節	炸油香
開齋節	巧克力

二、想深一層

1. 韓國的端午節源出於中國，經過多年的傳承演變，早已形成了迥異於中國的獨特民俗。請從端午節的祭祀對象，主要活動以及應節食品等幾個方面，來區分中韓兩國端午節的差異。

   祭祀對象：_____

   主要活動：_____

   應節食品：_____

2. 墨爾本賽馬節當天，全民狂歡。然而，並不是人們所有的行為都被許可，當地政府和馬場仍然有不少嚴格的規定。請將下面行為歸為許可與不許可兩類。

   投注、喝酒、賣食品、穿裙子、戴帽子、打領帶、穿球鞋。

   許可行為：_____

   不許可行為：_____

3. 貼春聯、貼門神都是春節期間必不可少的習俗。春聯和門神頗有相似之處，也有本質上的不同。你能指出它們之間的異同嗎？

   相同之處（提示：材質及演變）_____

   不同之處（提示：內容及位置）_____

4. 閱讀"小説中的聖誕節"一章，你知道《聖誕頌歌》和《麥琪的禮物》分別講述了聖誕文化的甚麼主題嗎？

   《聖誕頌歌》：_____

   《麥琪的禮物》：_____

5. 中國、日本、韓國端午節期間都使用的一種植物是（　　）

    a. 艾草　　　　　　　　　b. 菖蒲

    c. 白草　　　　　　　　　d. 益母草

6. 被稱為 "瘋狂而殘忍" 的奔牛節卻一直長盛不衰，其原因不包括以下哪項？（　　）

    a. 能展示出個人的智慧和膽識

    b. 能激發藝術家的靈感

    c. 能體現出民族的驍勇傳統

    d. 能帶來巨額的旅遊收入

7. 開齋節是穆斯林自我反省、仁慈好施的日子，在節日期間，以下哪項行為是不被嘉許的行為？（　　）

    a. 沐浴　　　　　　　　　b. 點香

    c. 禁食　　　　　　　　　d. 穿潔美服裝

8. 巴西狂歡節中，最為重要的象徵活動是甚麼？（　　）

    a. 化裝舞會　　　　　　　b. 啤酒盛宴

    c. 彩車遊行　　　　　　　d. 桑巴舞

9. 穆斯林吃油香時，都用右手撕開吃，這個習慣是因為？（　　）

    a. 左手代表不潔

    b. 紀念先知穆罕默德

    c. 左手要同時行禮

    d. 右手使用方便

10. 鹹魚成為聞風節的應節食品，其原因不包括以下哪項？（　　）

　　a. 埃及人認為鹹魚代表莊嚴隆重

　　b. 鹹魚有吉祥如意的喻意

　　c. 鹹魚易於儲藏

　　d. 鹹魚非常美味

三、延伸思考

1. "放鞭炮"是中國春節的一項古老習俗，然而近年來政府出於安全的考慮禁止燃放煙花炮竹，對此人們頗有爭議。你認為該不該禁止燃放鞭炮？面對傳統習俗的保護與現實生活的安全相矛盾的情況，你有甚麼好的建議嗎？

2. 感恩節本是個感恩的節日，然而近年來逐漸變成了一個購物和狂歡的節日。許多人呼籲建立本土的感恩節，恢復感恩的本義，你贊同嗎？如果讓你過感恩節，你要感恩的是誰？

3. 聞風節是一個親近自然的節日，它不像其他節日那樣活動豐富亦或刺激狂歡，然而它卻是埃及人民最重要的節日，這是為甚麼呢？有人説聞風節和中國的"清明節"類似，你認為呢？

4. 有人認為，每個地區都要保護自己的傳統節日；有人認為，節日也應該全球化，無分彼此。你贊成哪個觀點，請説説你的理由。

附錄：世界怪異節日[*]

1. 蘇格蘭的"聖火節"

時間：西曆 1 月

每年 1 月的最後一個星期二，在蘇格蘭的設得蘭群島上都要舉辦一年一度的"聖火節"，又稱為"火把狂歡節"。這個節日來源於一千多年前北歐海盜的古老習俗，是人們向維京時代的過去表達敬意的一種方式。在節日來臨之前的一個星期，人們就開始收集海灘上漂來的木材製成火把，仿製出一隻長達 32 英尺的巨型維京戰艦。節日當天的傍晚，裝扮成古維京武士的男人們抬着戰艦，在成千上萬名高舉火把的居民簇擁下，浩浩蕩蕩地穿過勒威克城鎮，最後在海灘上點燃戰船。在熊熊火光之中人們載歌載舞，飲酒狂歡，萬人空巷。

2. 意大利的"橘子大戰"

時間：西曆 2 月

意大利北部的伊夫雷亞鎮，每年 2 月都要舉辦一場"橘子大戰"。這項活動起源於中世紀時期小鎮居民與當地伯爵間的一次衝突。而與真正的古戰場不同的是，如今大戰的雙方用於戰鬥的武器既不是長矛，也不是利劍，而是一箱箱的橘子。戰鬥的一方扮演伯爵的衛隊，他們登上馬車戴上頭盔嚴陣以待。普通民眾則穿上統一

* 怪異節日參考 "The World's Wackiest Holidays"，《TIME》，2007.07.25

的服裝，向伯爵的衛隊展開攻擊。"交戰"雙方互相投擲橘子，一輪大戰過後，街道上到處都是破碎的橘子。這場"橘子大戰"通常持續三天，是一個讓人們釋放壓力的絕好機會，它也吸引了越來越多的遊客來參與，成為意大利最知名的狂歡慶祝活動之一。

3. 日本的"裸體節"

時間：西曆 2 月

"裸體節"又叫"會陽節"，每年 2 月的第三個星期在日本岡山縣的西大寺市舉行。這個節日發源於日本送迎神靈的法事，參加者都是男性。節日由陸地遊行和水上遊行兩項活動組成，星期六晚上的陸地遊行是節日的高潮。每年的這一天都有近萬名只繫着日本傳統的兜襠布、幾近全裸的男子趕來參加爭搶"寶木"的儀式。"寶木"由 6 寸長、直徑 3 寸的杉木挖成，人們認為搶到寶木的家庭在一年內會順順當當、豐衣足食。而參觀者們則需要從裸體的人群中找出主辦方安排在其中的一個全裸人，據說摸到他的人都會得到好運和幸福。

4. 印度的"灑紅節"

時間：西曆 3 月初，印度曆十二月

印度曆每年十二月的月圓之夜，新德里都要開始舉辦為期一週的"灑紅節"。"灑紅節"是印度教的一個重要節日，地位僅次於燈節。"灑紅節"的來歷有一個傳說，從前有個叫希蘭亞卡西普的國王，他生性殘

暴，而他的王子普拉拉德愛護百姓，受到百姓擁護。王子對父親的專橫跋扈不滿，於是父王大怒，讓其不怕火燒的公主霍利嘉抱着王子跳入大火，想把王子燒死。然而事與願違，霍利嘉被燒成灰燼，普拉拉德卻因為神的保護安然無恙。百姓們為了慶祝，便向小王子身上潑灑紅顏色的水。因此，人們便把這一天定為"灑紅節"。"灑紅節"來臨時，人們不管相識與否，都可以用各種顏色的水或粉末潑撒對方，將對方塗成大花臉和大花袍。

5. 新西蘭的"金剪刀剪羊毛節"

時間：西曆 3 月

新西蘭是一個每位公民平均擁有三隻綿羊的國度，在馬斯特頓，每年 3 月的 5、6、7 三天都要舉行"金剪刀剪羊毛節"，是新西蘭的舉國盛事。在節日期間，新西蘭乃至澳洲人民極力向世界展示本土最棒的羊毛產品，"金剪刀剪羊毛"大賽的盛事更是吸引了來自世界各地的剪羊毛高手和羊毛收購商。大賽的評判標準一是要看參賽選手剪羊毛的速度，二是要比誰在羊身上留下的刻痕最少。目前一流剪羊毛手每天可為 200 多隻羊去毛。在新西蘭，如果誰能在剪羊毛比賽上得到冠軍，那可是件令人無比自豪的事情。自從 1961 年開始舉行以來，剪羊毛節越來越興旺，有時甚至要請軍隊來維持秩序。

6. 英國的 "奶酪追逐節"

時間：西曆 5 月底

在英國的庫珀山，有一個流行了五百多年的奇特節日——"奶酪追逐節"。每年 5 月底，來自全世界的參賽者聚集在庫珀山頂，追趕一塊從山頂滾下的七公斤重的雙層格洛斯特乾酪。這個古老的節日可以追溯到羅馬時代，是一個勇敢者的遊戲。在活動中，參賽者們要一路連滾帶爬狂奔 200 米，下到 45 度斜坡的底部。由於山坡太陡，下衝時速度很快，很多選手便像奶酪一樣 "滾" 下了山，不少人骨折或擦傷。作為獎勵，最先抓住奶酪的人可以贏得那塊奶酪，亞軍獲得五英鎊的獎勵，季軍則收穫三枚響噹噹的硬幣。

7. 美國的 "農夫運動會"

時間：西曆 7 月下旬

在美國喬治亞州東柏林，每年 7 月下旬都要舉辦一場獨特的 "農夫運動會"。這個節日始於 1996 年，當時是作為一個另類的亞特蘭大奧運會而舉辦的。"農夫運動會" 是當地民眾自發參與的娛樂比賽，比賽項目和比賽規則五花八門，充滿本地鄉土風情。其中最受人們歡迎的項目有：泥潭跳水——看誰跳入泥潭的姿勢最優雅；吐西瓜籽大賽——看誰能在最短的時間內吐出最多的籽；豬蹄障礙跑——跑步時要繞過用豬蹄做成的障礙，順利通過者就能把豬蹄贏回家。

8. 索馬里的"打棍子節"

時間：西曆 7 月

"打棍子節"亦稱"伊斯通卡節"，是索馬里阿夫高依地區喜慶豐收的節日。一般都在 7 月下旬舉行，節日要連續慶祝三四天。在節日期間，人們穿上節日的盛裝，探親訪友。到了晚上，歡樂的人們在街上跳起當地的民間舞蹈。節日中最重要也最扣人心弦的是模仿古代戰爭互相用樹枝抽打的遊戲。戰場擺在謝貝利河岸邊的一塊空地上，在震天動地的非洲鼓聲中，只見無數樹枝在空中飛舞，對陣雙方都毫不手軟，向着對方猛抽猛打。許多人被打得皮開肉綻，但仍坦然自若。儘管這個看起來殘酷的節日活動被外界多次要求停止，但至今盛行不衰，其原因在於當地人認為"打棍子節"能培養本民族青年勇敢、堅毅的精神，所以這一慓悍的古樸風俗得以留存下來。

9. 美國的"大蒜節"

時間：西曆 7 月底

美國加利福尼亞州的格里羅鎮號稱"世界大蒜之都"，每年 7 月的最後一個週末舉行為期三天的"大蒜節"，吸引了世界各地成千上萬名商人和遊客參加。節日期間，從吃的到穿的，從用的到看的，無論是蒜頭 T 恤、蒜頭衫褲、蒜頭茶杯、蒜頭帽子，還是蒜頭氣球、蒜頭玩具、蒜頭食譜……所有的商品統統是"蒜字號"的，連附近的娛樂購物中心也不失時機地大作蒜頭廣告，大派蒜頭禮品。鎮上沿途到處蒜味飄香，各種大蒜食品叫人目不暇接，食慾大振。在這裏擁有全世界最多與大蒜有關的事物，只等着那些不在乎口臭的勇敢的人們去嘗試。"大蒜節"確實是個獨一無二、辛辣無比的節日。

10. 西班牙的"番茄節"

時間：西曆 8 月下旬

西班牙布尼奧爾鎮上一年一度的"番茄節"，始於1945 年，通常都在每年 8 月的最後一個星期三舉行，整個節日持續一個星期。每年這個時候，來自世界各地的幾萬名遊客就聚集在布尼奧爾鎮上，和當地居民一道用 100 多噸番茄作武器展開激戰，遊戲規則是番茄必須捏爛後才能出手擲向對方。在一個小時內，平均每個人投擲的番茄達到 250 磅，整個市中心變成了"番茄的海洋"。在這裏，番茄給人們帶來的不只是豐收的喜悅，還有狂歡的快樂。該節日也成為世界最大的"番茄大戰"，每年都有超過三萬名遊客慕名而來。

11. 泰國"猴子的盛宴"

時間：西曆 11 月底

在泰國的華富里省，每年的 11 月底都要為當地聚居的猴子舉辦一次"盛宴"。猴子是深受泰國人民喜愛的動物，傳說神猴曾幫助阿逾陀國王子羅摩解救王妃悉多，打敗魔王羅波那，給當地人民帶來了自由和幸福，因此人們將猴子當作神靈一樣尊敬和崇拜，並每年為牠們舉行一次盛宴，以示知恩圖報。在盛宴上，居民們為猴子提供大量的水果、蔬菜、點心、糖果和汽水，每次都有上千隻猴子來享用。據統計，每年的這一天都要消耗掉 3000 公斤左右的水果和蔬菜。

參考答案

趣味重溫

一、你明白嗎?

1. a. 春節、端午節、清明節、中秋節

   b. 古爾邦節、聖紀節

   c. 肯塔基賽馬節、利物浦賽馬節、凱旋門賽馬節

   d. 美國、加拿大

   e. 跑、看、趴、躲

2. a. ✓　　b. ✗　　c. ✓　　d. ✗　　e. ✓

3.
   情人節 ——— 洋葱
   春　節 ——— 火雞
   感恩節 ——— 餃子
   聞風節 ——— 炸油香
   開齋節 ——— 巧克力

二、想深一層

1. 祭祀對象:中國－屈原;韓國－祭神

   主要活動:中國－賽龍舟;韓國－巫俗表演

   應節食品:中國－粽子;韓國－艾子糕

2. 許可行為:投注、喝酒、穿裙子、戴帽子、打領帶

   不許可行為:賣食品、穿球鞋

3. 相同之處:桃木－紙張

   不同之處:春聯:貼在門的兩側,內容為文字;

   　　　　　門神:貼在門上,內容為人或神的圖畫

4. 《聖誕頌歌》:寬恕

   《麥琪的禮物》:愛

5. b　　6. c　　7. c　　8. d　　9. b　　10. d

三、延伸思考

(此部分不設答案,可自由回答)